Kotaro Isaka

伊坂幸太郎

李彥樺 譯

目錄

導讀

奇想・天才・傳說

張筱森

雖然是篇談論伊坂幸太郎的文章，不過請先讓我稍微離題談一下二〇〇六年的第一百三十四屆直木獎。這屆的大事當然是東野圭吾在五度鎩羽而歸之後，終於以《嫌疑犯X的獻身》獲獎；可說是了卻他一樁心願，也替其出道二十年錦上添花一番。東野連續五度提名五度落選的事蹟，讓日本大眾文壇和讀者之間開始悄悄地流傳著一個聽來有點辛酸的名詞「東野圭吾路線」，意指不斷被提名、不斷落選，然後過了該得直木獎年紀的作家。而東野總算在第六次的提名擺脫了這個看似不太名譽，不過差一步就會變成傳說的不幸陰影。但是在東野終於獲獎的這樣可喜可賀的事實背後，其實也存在著一名極為有力的「東野圭吾路線」候選人，那就是本文主角——伊坂幸太郎。

伊坂幸太郎，一九七一年出生於千葉，畢業於位在仙台的東北大學法學部。小學時和一般小孩一樣閱讀各式各樣的兒童讀物，年紀稍長之後開始看當時流行的國產娛樂小說，如：都築道夫、夢枕獏、平井正和等人的作品，高中時因爲看了島田莊司的《北方夕鶴2／3殺人》後，成了島田書迷。而在高中時，因爲一本名爲《何謂繪畫》的美術評論集，啓發伊坂認爲能使用想像力生存是件非常幸福的事情，而小說恰好可以一人獨立從頭開始，自己應該也辦得到；因此他決定在進入大學之後開始創作，再加上喜愛島田的作品，便選擇了寫推理小說。進入大學之後則開始閱讀純文學，尤其喜愛諾貝爾文學獎得主大江健三郎的作品。

也因爲他將對運用想像力的憧憬著力於小說創作上，於是各項具有想像力的元素都漂浮在其作品中，如法國藝術電影、音樂、繪畫、建築設計等等，使得讀者在閱讀推理小說的同時，也彷彿看了一場交織著奇異幻境寓言、生命哲思與青春況味的文藝表演。

巧妙地融合脫離現實生活的特殊經歷以及不可思議的冒險活動，一向是伊坂作品的創作主軸，這種奇妙組合，正是伊坂風靡了無數熱愛文學藝術的青年讀者的重要原因。

這樣的他，在一九九六年曾經以《凝眼的壞蛋們》獲得山多利推理小說大獎佳作，不過一直要到二〇〇〇年以《奧杜邦的祈禱》獲得第五屆新潮推理小說俱樂部獎後，才正式踏上文壇。奇特的故事風格、明朗輕快的筆觸，讓他迅速獲得評論家和讀者的熱烈歡迎，不光是在年度推理小說排行榜上大有斬獲。二〇〇三年以《家鴨與野鴨的投幣式置物櫃》拿下吉川英治文學新人獎，二〇〇四年則以《死神的精確度》獲得日本推理作家協會短篇部門獎，更在二〇〇三到二〇〇六年間以《重力小丑》、《孩子們》、《死神的精確度》、《沙漠》四度獲得直木獎提名，可以看出日本文壇對他的期待和重視。

伊坂到二〇〇六年爲止總共發表了八部長篇、四部短篇連作集和一篇短篇愛情小說。因爲喜歡島田，而決定創作推理小說的伊坂，打從一出道就以推理小說新人獎得獎作《奧杜邦的祈禱》獲得各方注意；然而《奧杜邦的祈禱》卻長得一點都不像讀者們所熟悉的推理小說模樣。伊坂曾經說過，「寫作的時候，我並不喜歡描寫眞實的現實生活，而是想寫十分荒唐無稽的故事。」《奧杜邦的祈禱》正是這樣特殊，有著前所未有的奇特設定的一部作品。一個因爲一時無聊跑去搶便利商店的年輕人伊藤，意外來到一座和日本本土隔絕一百五十年的孤島，孤島上有個會說話、會預言未來的稻草人優午。優午告訴伊藤，自己已經等了他一百五十年，而伊藤這個外來者將會帶來島上的人所欠缺的東西。留下這般謎樣話語之後，優午就死了，而且還是身首異處、死得相當悽慘。這短短幾句描寫，就能夠看出伊坂作品最顯而易見的特殊之處：「嶄新的發想」，我想很難有讀者在看了這樣奇異至極的開頭，而不繼續往下翻去，畢竟「會講話的稻草人謀殺案」實在太過特殊。而這種異想天開、奇特的發想，就成了伊坂作品中一個非常重要而且難以模仿的特色，在他往後的作品當中都可以看到這樣的特色，以死神爲主角的《死神的精確度》便是個好例子。

然而空有奇特的發想，沒有優秀的寫作能力也無法讓伊坂獲得現在的地位。第二作《Lush Life》便是讓讀者更認識伊坂深厚筆力的作品，畫家、小偷、失業者、學生、神、心理諮商師等等眾多人物各自在五個故事線中登場、彼此的人生互相交錯。如何將這五條線各自寫得精采絕倫，而在彼此交錯時又不落入混亂龐雜的境地，最後將所有故事線收束於一個點上。伊坂在敘事文脈構成上展現了高超的操控能力，就像不斷地在本作出現的艾雪的畫一般地令人目眩神迷。複雜的敘事方式中包含著精巧縝密的伏線，並且前後呼應，而此極爲高明的寫作方式，在第四作《重力小丑》、第五作《家鴨與野鴨的投幣式置物櫃》中也明顯可見。

筆者和大部分的台灣讀者一樣對伊坂最早的認識來自於《重力小丑》一作，對於本作中那幾乎只能以毫無章法來形容、或者可說是某種文字遊戲的章節名稱印象深刻。但在閱讀了伊坂的其他作品之後，便能夠理解日本文藝評論家吉野仁所指出的伊坂作品的一種極爲另類的魅力來源——「將毫無關聯的事物組合在一起」，像是「鴨子」和「投幣式置物櫃」明明是毫無關聯的東西，卻成了小說。或是書名爲《蚱蜢》內容卻是殺手的故事，這樣的奇妙組合讓伊坂的作品乍看書名就能吸引讀者的目光一探究竟。而更引人注意的是，這樣看似胡鬧的作法，也散見於每部作品的內容和登場人物的言行之中。在《家鴨與野鴨的投幣式置物櫃》中，主角的鄰居甫一登場就邀他一起去搶書店，而目標僅僅是一本《廣辭苑》!?在《重力小丑》中，春劈頭就叫哥哥泉水一起去揍人。然而在這些登場人物的異常行動，或是令人不由得笑出聲來的詞句背後，其實隱藏著各種人性的黑暗面。《奧杜邦的祈禱》中，仙台的惡劣警察城山毫無理由的殘虐行徑、《重力小丑》中的強暴事件、《魔王》中甚至讓這樣的黑暗面以法西斯主義的樣貌出現。伊坂總以十分明朗、輕快並且淡薄的筆觸，描寫人生很多時候總會碰上的毫無來由的暴力。如此高度的反差，點出了一個伊坂作品世界中的重要價值觀——在面對突如其來的暴力時，該如何自處？該怎麼找出最不會令自己後悔的生存方式？

如果將毫無理由的暴力推到最極致，莫過於「死亡」了，只要是人，難免一死，那麼人類該怎麼和終將來臨的死亡相處？從《奧杜邦的祈禱》中的稻草人謀殺案起，這個問題意識就一直在伊坂作品的底層流動，筆者想隨著此次伊坂作品集出版，讀者在全部讀過一遍之後，應該也都能得出屬於自己的答案。

而在熟讀伊坂作品之後，讀者便會發現伊坂習慣讓他筆下所有人物產生關聯，先出現的人物一定會在之後的作品登場。像是深受台灣讀者喜愛的《重力小丑》兩兄弟，也會在之後的某部作品中出現，這樣的驚喜也十足地展現了伊坂旺盛的服務精神。

在文章開頭提到伊坂是極有力「東野圭吾路線」候選人，如實地反應出日本讀者和評論家對於伊坂遲遲不能獲獎的難以理解。但是筆者忍不住想，就這樣成爲直木獎史上的傳說，似乎無損於伊坂的成就。畢竟就像日本推理天后宮部美幸說的：「伊坂幸太郎是天才，他將會改變日本文學的面貌。」做爲一名讀者，能夠和一位不斷替我們帶來全新小說的天才作家相遇，就是一種十足的幸福。

作者介紹

張筱森，推理小說愛好者，推理文學研究會（MLR）成員。結束了日本囤積推理小說的留學生涯後，回到台灣繼續囤積。

P
K

A

球場宛如綠色汪洋。燈光照明下，放眼望去盡是色彩鮮豔的草坪。傷停時間一分一秒流逝，好似遭狂風不斷侵蝕的沙丘，即將化爲平地。觀眾大氣也不敢喘一口，唯有轉動脖子的動作發出細微聲響。

驀然間，海面起了變化。球宛如一條紡錘形的魚，低空劃過水面，颳動上頭的絲絲綠草，朝右方疾飛。

小津奔上前，以右腳擋下球。這一瞬間，場內發出撼動大地的轟然巨響。五萬名觀眾發出的聲音，逾越「聲音」的定義。若要加以稱呼，或許只能稱爲「無言的吶喊」。

伊拉克隊踢角球進場廝殺，還只是數秒鐘前的事。每個觀眾都帶著一顆忐忑不安的心，害怕比賽結束的哨音隨時會響起。世界盃足球賽亞洲資格賽各隊不分軒輊，直到最後一戰仍有四個國家爭奪晉級決賽的機會。倘使日本輸掉這一場，便會遭到淘汰。

就在日本觀眾心裡漸漸放棄希望之際，球傳到小津腳下。想當然耳，位於卡達的球場頓時歡聲雷動。

天才總是受到命運之神眷顧。

雖然小津在這場比賽的表現並不出色，畢竟是王牌選手，只能說小津在日本隊無法發揮實力。

伊拉克隊的後防包含守門員在內共有四人，一名高頭大馬的後衛迅速上前攔住小津。

小津以右腳外側踢出球，後衛自然隨球的方向移動。但就在這時，小津先跨過球，右腳尖輕觸身後的球，控制球滾向左方。如此一來，球等於在小津身後進行一次橫向移動。反應不及的對手失去平衡，急著穩住腳步時，小津早越過他直衝球門。爆炸般的歡呼聲再次響徹全場。

另一名後衛慌忙趕來，小津再度改變球前進的角度。見球彈向左邊，後衛的身體跟著左傾。不料，小津又是一腳踢出，球轉了個銳角滾向右側。後衛一個踉蹌，摔倒在地。衝破天際的歡呼聲，幾乎要翻覆草坪形成的大海。每當歡聲一起，場上便波濤洶湧。

小津與守門員形成單挑的局面。足畔的球輕輕右滾，小津右腳跨過球，隨即踢回左側。守門員完全搞錯重心移動的方向。不，或許說搞錯並不恰當，因爲他是在小津的引誘下做出錯誤的判斷。他眼睜睜看著小津準備起腳射門，卻無法起身阻止。

球門與小津之間沒有任何阻礙，接下來只需把球踢進前方寬大的球網內。

就在這時，小津摔倒了。

另一名後衛自後方鏟球，右腳與小津的軸心腳撞個正著。小津向後一仰，便往前撲倒，雙手撐著草地。

觀眾席的怒罵聲湧入球場。

爲防在綠草形成的大海中慘遭滅頂，小津緊貼著草皮，維持伏倒姿勢，動也不動。綠油油的草坪不像污穢的河底，倒像潔淨的綠色水面。

主審吹出的刺耳哨音，彷彿以強大的力量撕裂看不見的巨大絲綢。他朝伊拉克隊後衛舉起黃牌，觀眾席再度爆出歡呼聲，碧綠草海有如蛇腹般蠕動。ＰＫ。

B

「爸爸有個朋友，名叫次郎。」父親凝視著兩個還在讀幼稚園的兒子說：「他每天打電動，你們知道他後來怎麼了嗎？」

「怎麼啦？」

「他打太多電動，眼珠染上電動的顏色。」

「染上電動的顏色？」孩子們忍不住摸摸眼皮。

「沒錯，他看天空是紅色，看大海是黃色。」

「那可不得了。」

「是啊，那可不得了。」

兩個幼稚園小朋友急忙拋下掌上型遊戲機，拚命揉眼睛。接著，他們面對面，互相確認：「眼睛是不是好好的？」「還是黑色的嗎？」

打從兩個兒子出生，父親就喜歡假托次郎的悲慘遭遇來教育他們。

「次郎偷玩媽媽的縫紉機，不小心把食指和中指縫在一起。要動手術切開時，那可不得了，麻醉竟然失效，害他痛得死去活來。」父親會像這樣編故事，唬得孩子們不敢靠近縫紉機。

還有一天，發現兒子一直盯著電視，父親便說：「次郎電視看太久，居然被吸進電視裡。螢幕另一邊烏漆抹黑，聽不到任何聲音，伸手不見五指。從此他就被困在電視裡。」

又有一次，父親說：「次郎含著牙刷跑來跑去，摔了一跤，牙刷插進喉嚨，從脖子後面穿出來。」

兩個兒子不禁同情起次郎。一個脖子上插著牙刷、手上有縫紉機造成的傷痕，而且被困在電視裡的人，根本是受難之王。

「哥哥，幸好我們不是次郎。」

「嗯，幸好我們不是。」

兄弟倆一臉嚴肅地達成共識。

C

電梯裡只有兩個人。「下午兩點，佐藤課長將針對都市計畫法修正案進行說明。在那之前，得搭公務車到博物館與飯田先生會談。」祕書官操作著平板電腦，報告行程安排。「對了，後援會長的長男後天舉行結婚典禮，我已代爲致電祝賀。」祕書官補上一句。

大臣邊道謝，邊猜測祕書官內心的想法，卻發現自己彷彿站在一塊黑板前。現年五十七歲的大臣上個月剛就任，打初次見面，就對喜怒不形於色且不知變通的祕書官頗爲畏怯。當然，這意味著祕書官擁有恭謹、誠實的優點，但在煩惱不曉得身旁有誰能信任的大臣眼中，永遠一副撲克臉的祕書官簡直是恐怖的代名詞。

「或許會塞車，我們最好早點出發。」

「瞭解。」

「次郎……」大臣口中突然冒出陌生的名字。「我父親有個朋友叫次郎，由於老愛遲到，肚子裡被塞進一個時鐘。」

祕書官默默注視著大臣，像是不懂大臣爲何天外飛來一筆，稱不上流露情感。跟沒聽清楚對方的話，發出疑惑的信號一樣。從祕書官的表情，甚至判斷不出有沒有絲毫輕蔑。

「小時候，父親常常拿次郎的遭遇告誡我們，如果我們不聽話，就會落得和次郎相同的下場。例如，次郎電視看太久被吸進電視，還有他偷玩縫紉機……」大臣滔滔不絕地敘述次郎的受難事蹟。

「聽起來眞有趣。」祕書官興趣缺缺地應道。「對了，我接到幹事長的來電。」

大臣的心情頓時沉入谷底。「他怎麼講？」

「幹事長希望您盡早下決定。我不清楚詳情，他吩咐只要這麼告訴您，您就會明白。」

其實你心知肚明吧？你是不是也認爲我幹嘛不爽快作證？話語湧上喉頭，但大臣沒說出口。

前幾天見面時，幹事長瞪大雙眼，噴著粗重的鼻息開口：「你該不會想拿『我不願意撒謊』這種孩子氣的理由搪塞吧？」
「我當然撒過謊。」大臣回答。
「既然不是第一次，還顧忌什麼？」
「我不希望自己的謊言毀掉某人的一生。」
「即使你是聖人君子，也可能無意中傷害過別人。事到如今，就少自命清高吧。」
「換個說法好了，我不討厭撒謊，但我討厭被迫撒謊。」
「這樣下去，你也無法平安脫身。」
「什麼意思？」
「我會公開你那些寡廉鮮恥的行爲。」
一時之間，大臣反應不過來幹事長所指爲何。「寡廉鮮恥」這種舊時代的陳腐字眼，流露出與世隔絕的駑鈍，滑稽得教人莫名恐懼。
「我做過哪些寡廉鮮恥的行爲？」
「猥褻和強姦婦女、對未成年少女施加性暴力、在大庭廣眾下裸露身體……多得數不清。」

「我一項都沒做過。」

眼前的政客彷彿看著世上最無趣的生物，冷笑幾聲，斬釘截鐵地丟出一句：「就算你沒做過，我也會公開。」

「就算不是事實？」

「是不是事實，由世人認定。到時你的老婆和兒子，會對你徹底失望。」

幹事長說得輕描淡寫，像是在談論電影劇情。但大臣非常明白，對方的威脅不是在開玩笑。

「對了，那件事調查得如何？」大臣在下降的電梯中開口。

祕書官面向大臣，沉默半晌，似乎在爬梳記憶。

「二〇〇二年世界盃足球賽的前一年……」大臣給出提示。說得更精確些，是前年的資格賽。

祕書官默默點頭，取出平板電腦，操作起來。

法國世界盃足球賽的亞洲資格賽採集中場地制，賽場在卡達，直到最後一戰仍有四個國家競爭決賽的門票。若要突破重圍，日本的積分還差三分，所以非贏伊拉克不可。然而，雙方僵持到進入傷停時間都沒得分，最後一刻，日本的王牌選手小津獲得ＰＫ的機會。

大臣要祕書官調查的是「當時小津選手爲何能進球」。

電梯抵達一樓。兩人走出電梯，一群穿西裝的職員列隊等在門外。大臣感覺得出，職員在背後交頭接耳，偷偷談論關於自己的謠言。然而，大臣已習慣這種情況。就任大臣前他是個議員，但當初實在太年輕，早承受過世人好奇、探究的目光。每個人都指指點點，興味盎然地說：「看，就是他。」

遭人品頭論足不是愉快的經驗，但「看，就是他」的話題效果確實有助政治生涯。通往大臣之路會如此順暢，除了數次當選議員的成績，還受惠於「看，就是他」的加乘效益，這一點他心知肚明。

走出廳舍，搭上公務車。大臣坐在後座最裡側，祕書官則坐在大臣身旁。司機發動車子，過一會兒，祕書官又將話題拉回二〇〇一年那場比賽。「根據統計，ＰＫ進球的機率高達八成，我認爲小津選手能進球並不稀奇。既然機率高達八成，進球是理所應當。」

「那一天，小津的狀況不太好，兩次在無人防守的情況下射門失敗，傳球的準確度也下降。之前，小津不曾表現得這麼差勁。」

「從這次的調查結果看來，確實如此。」

十年前，小津擔任日本隊的前鋒，大大提升了日本隊的戰力。他從小家境並不富裕，加上體格瘦弱，經常遭同學欺負。但他努力不懈地練習，雖然就讀沒沒無名的中學、足球實力弱小的高中，卻逐漸展現驚人才能。日本隊的進球率太低一向爲人詬病，小津轉眼成爲拯救日本足球界的王牌前鋒。

「你當年眞的沒看那場比賽？」

「是的。」祕書官答得泰然自若。

十年前世界盃亞洲資格賽的最後一戰，由於在接近電視節目的黃金時段開打，儘管是平日，幾乎全國民眾都守在電視機前，至少大臣一直這麼認爲。每個上班族都拋下手邊的工作匆忙趕回家，不然就是直奔設有轉播螢幕的店或公共場所。每間餐廳的電視肯定都切換到播放比賽的頻道，至於沒裝電視的餐廳，則門可羅雀，根本無人光顧。不得不加班的上班族，也會利用公司電腦搜尋即時更新賽況的網站，邊工作邊觀看。沒人會責備他們，因爲有權力責備他們的人，同樣關注比賽。

車子往左轉了一個大彎，進入寬敞的收費道路後逐漸加速。左手邊可望見遠方高聳的廳舍。

「依小津那天的狀況，ＰＫ很可能不會進。他整場比賽的表現非常差，何況又是最緊要的關頭。」大臣接著道。

「或許可以反過來想，雖然他狀況不佳，但在最緊要的關頭，終於發揮王牌前鋒的實力。我不太瞭解足球，不，應該說所有運動我都不瞭解。不過，那時他獨自運球突破敵方三名後衛，不也是一項壯舉？」

「他那次突破防守的表現確實可圈可點，就算沒得分，也會成爲世人稱頌的事蹟。」敵方後衛使盡全力仍無法擋下小津，才會不惜犯規阻止小津得分。

「最後小津選手ＰＫ成功，帶領日本隊突破資格賽。」

「全日本歡欣鼓舞，小津從『明星』球員變成『超級巨星』球員，可說是當年最紅的風雲人物。」

「我看不出哪裡有問題。」祕書官冷冷應道。

「但那時宇野一定對他說了些什麼。」

十年前那場比賽，直到進入傷停時間還是不分勝負，就在小津準備踢ＰＫ球時，中場宇野突然靠過去。兩人低聲交談幾句後，小津緊繃的神情和緩。任誰都看得出，小津簡直像卸下重擔，身體明顯放鬆許多。

電視台的攝影機清楚拍下這一幕。不斷有人分析或引用此段影像，佐證各式各樣的推測。

兩名日本選手究竟進行過怎樣的溝通？

十年來，傳出無數謠言。

「沒想到您會委託我調查這件事。」

「我從以前就想知道背後的眞相。」

「既然從以前就想知道，爲何最近才興起著手調查的念頭？」

「你認爲呢？」望著窗外的大臣，轉向祕書官。

「認爲什麼？」

「爲何我突然想解開多年來的不解之謎？」

祕書官沒答話。

B

「勇氣只能從擁有勇氣的人身上習得。」奧地利心理學家阿德勒這麼說過。作家在腦中默念、反芻這句名言，腳下不停往三軒茶屋的住宅區前進。

在澀谷搭上田園都市線電車時，太陽還沒下山。回到四周盡是獨棟宅邸的圍牆、停車場及庭園樹木的家裡附近時，牆壁已融入夜色，馬路彷彿覆蓋一層漆黑液體，作家不禁加快腳步。

數小時前，出版社編輯忽然以「有事商量」爲由，約作家見面。於是，作家前往澀谷，在某飯店休憩室與編輯碰頭。作家以爲編輯想談的是數個月前完成，且經多次修改的作品出版時程，要不然就是希望變更書名，或爲一直無法敲定的開場白重新構思。

但實際來到飯店，作家發現狀況有些不對勁。出版社編輯身旁坐著西裝筆挺、頭髮分得整整齊齊的陌生男人，桌上攤放著列印出的原稿。那個應該超過四十歲，皮膚仍如陶瓷般光滑的男人開口：「像您這麼受歡迎的作家，一定相當忙碌，提出無理的要求我也很過意不去，但希望您能配合改稿。」語氣恭謹，卻不帶一絲感情。

原稿上到處是紅字。有些詞語被換成其他字眼，有些段落甚至整段遭到刪除，看上去密密麻麻都是字。

作家並不排斥別人修改自己的稿子。要完成一部作品，原本就必須與編輯進行多次討論，編輯幫忙修潤更是求之不得。問題在於，現下督促他改稿的是素不相識的陌生男人。

「理由呢？」作家忍不住反問。

「這樣作品會更完美。」穿西裝的男人回答。

「憲法第二十一條明文禁止公權力鉗制出版自由。」

「所謂的鉗制出版自由，指的是公權力對出版物進行審查，一旦認定內容不適當，就禁止出版。但請仔細瞧瞧，這些紅字都是能讓作品更完善的建言，絕非限制出版。」

作家再次翻看原稿。特定形容詞被換成不同字眼，普通名詞也有好幾個被換掉。不僅如此，不少處都加上「藍色」之類的形容詞，完全看不出用意。描寫性行爲的情節，建議「再寫得具體些」。假如指示「削減性行爲場面」，還能以「不願接受書籍審查」拒絕，但這樣確實無異於平常的修改提案。即使如此，作家仍從大量紅字中感受到一股不尋常的壓力。那些紅字彷彿隨時會從紙上浮起，變形成細針，插在他的身上。

「我能不改嗎？」

「我以爲您會樂意修改。」男人說得委婉，卻散發強烈的氣勢。作家不禁心生畏怯，同時也產生反抗的念頭。打一開始，對方似乎就認定不會遭到拒絕。

「假如我不答應呢？」

「後果會很嚴重。我這麼說，您明白嗎？」

「後果會很嚴重？」作家忍不住覷向出版社的編輯。那編輯只坐在一旁，既不解釋，也不表達意見，彷彿過度不安放棄抵抗，面無表情。

「所謂嚴重的後果，是指禁止出版嗎？但是憲法明明……」

「跟憲法第二十一條沒有關係。」穿西裝的男人斬釘截鐵地說：「容我就『自由』議題舉個例子。」

「自由？」作家一愣，不懂怎會憑空冒出這個話題。

「不管是誰，皆能隨自身的喜好，在任何時間做想做的事。至少在現代的日本，只要不犯罪，想做什麼都行。您可以使用喜歡的詞彙，以喜歡的方式寫小說。」

「銷量好不好又是另一回事。」作家歪著腦袋應道。唯有此刻，編輯露出微笑。

「不過，自由偶爾會受到阻礙。某些時候，我們會在毫無預警、不明就裡的情況下，被要求做出違反自我意志的舉動。」

男人接著談起螞蟻的例子。

承受盛夏陽光照射的土地上，一大群螞蟻自由自在爬行。螞蟻們完全憑自由意志行動。當然，或許得遵從螞蟻社會的規範與風俗習慣、作戰策略與命令，但姑且劃歸爲自由的範疇吧。不料，忽然有人類闖入，恐怕還是個孩童。這個孩童緩緩捏起螞蟻，無視螞蟻的意願，將螞蟻扔到另一個地方，不然就是強迫螞蟻往另一個方向走。

換句話說，一股毫無道理可言的野蠻力量，迫使螞蟻違背自身意志。

螞蟻不明白這股阻礙自我意志的力量從何而來。實際上，孩童的行爲搞不好根本沒有理由。

「倘若螞蟻不肯屈服，咬了孩童的手指，或做出抵抗的舉動，孩童也許會惱怒地想著『爲什麼不聽話』，一腳踩死螞蟻。」

「踩死那隻螞蟻？」

「要是這樣依然沒辦法消氣，孩童會踩死整群螞蟻。」

聽西裝男說到這裡，作家忍不住仰起頭，想像高聳的飯店天花板突然裂開，巨大的鞋底踏破鋼筋及磁磚，粗魯地踩在身上，自己卻只能不斷掙扎，不住痙攣。

作家頓時憶起，某個同行曾一臉得意地大談「塑造形象」的概念。

「美國不希望人民對『戰爭』這個字眼抱持負面印象，很久以前就在各種場合使用『與愛滋病的戰爭』或『與貧困的戰爭』之類的詞句，爲『戰爭』塑造正義形象。如此一來，眞正發生軍事戰爭時，比較容易取得人民的支持。」那同行講得口沫橫飛，但實在有點陳腔濫調。所謂的「美國」指的是哪些人，並沒有明確的定義，缺乏說服力。作家覺得了無新意，並未放在心上，此刻卻突然浮現腦海。

「請好好考慮，下週我會打電話給您。」西裝男將寫滿紅字的原稿放進信封，交給作家。出版社編輯留下兩句客套話，便和西裝男一同離開。

踏進家門，看到玄關放著孩子們的鞋和妻子的涼鞋，作家終於恢復冷靜。走進客廳，他出聲呼喚在玩掌上型遊戲的孩子們。

將外套掛進衣櫥，作家返回餐廳，發現妻子在準備晚餐。菜肴一盤盤端上桌。

「這次又是什麼？核子彈？地震？還是惡性通膨？」還沒瞧見丈夫的表情，妻子便笑道。

「唔……」作家應一聲，與其說是回答妻子，更像發出呻吟。

「你也眞是辛苦，每天都擔心東、擔心西。」

「妳怎麼知道我在擔心？」

「全寫在臉上了。總有一天，你會開始擔心沒事情可擔心。」

妻子會這麼調侃也是難怪，作家無時無刻都懷抱著不安。例如，一旦傳出朝鮮半島北方的國家進行大規模毀滅性飛彈發射實驗的消息，作家就會將電視報導、週刊雜誌及網路新聞等所有相關資訊全找來看過一遍，面無血色地斷定「這下完蛋了」，其實只是被單方面的訊息牽著鼻子走。又例如，作家注意到天空出現奇妙的雲彩，就認爲是大地震的預兆，好一陣子不敢靠近高樓大廈，甚至整天關在家裡，聲稱「無論如何都要跟家人守在一起」。再舉一個例子，作家看到關於「日本經濟將會崩盤」、「鈔票會變廢紙」之類的煽動性週刊文章，便嚇得想把微薄的存款領出一半換成金條。

「等事情發生就太遲了。」作家試圖爲自己的杞人憂天與窮緊張找藉口。

「要是發生戰爭或地震之類的大災禍，所有人都會遭殃，有什麼關係？這不是我們能解決的問題，何況你老想著如何才能獨力存活，只會累垮自己。你眞的認爲飛彈會掉到我們頭頂上嗎？太不切實際了。所謂的小說家，原來腦袋裡裝的都是漫畫般的情節。」

「才不是這樣。」作家有些惱羞成怒。

事實上，作家擔心的並非飛彈造成的物理性破壞，或大地震造成的房屋及財產損害。當然，這些事情也很可怕，但作家更擔心社會失序，及發現長年遵守的法律與道德原來是空中樓閣。

作家經常做這樣的夢。漫長的道路彼端出現一群人，每個人都低著頭，顯得疲累不堪。雖然有男有女，體型與年齡大相逕庭，但都穿灰色衣服。不，其實是白色，不安與憤懣逐漸染黑、弄髒了衣服。

內心的陰鬱找不到出口宣洩，他們身上的衣服益發混濁暗沉。

不久後，不僅僅衣服，連身體都染得漆黑，流露赤裸裸的惡意與敵意，依循欲望與暴力衝動行事。

鬱積的情感爆發，一切常識皆不再適用。

「單獨來看，每個都是好人，聚集在一起卻變成無頭怪物。」

作家憶起卓別林在電影中說過的台詞。明明該保護家人不受黑衣集團襲擊，作家卻漸漸融入那個黑暗的世界。

作家總在這一瞬間醒來。

「欸……」作家問妻子，「要是有人告訴妳『不修改妳的小說內容，就會發生大地震』，妳會怎麼做？」

「我沒寫過小說，往後也不想寫。」

「我只是舉個例子。面對這種可怕的壓力，妳會如何處理？」

「這個嘛……我不認爲你的小說能引發大地震。」

「搞不好是我的小說寫得太有趣，讀者感動到渾身發抖，造成地震。」作家苦笑道。

「作家的影響力沒那麼大吧，我倒是希望你能發揮一下身爲父親的影響力。」

「什麼意思？」

「去叫孩子們別打電動了。」

作家答應後走向客廳，朝窩在沙發打掌上型遊戲的孩子們說：「爸爸有個朋友，名叫次郎。」

孩子們流露不安的眼神。

「次郎每天打電動，後果非常嚴重。」

「爸爸，求求你救救次郎。」孩子們懇求作家。

D

新宿車站附近的居酒屋裡，男人對女人滔滔不絕地說話。

「妳聽過關於那場ＰＫ的謠言嗎？」

「ＰＫ？」

「半年前的世界盃足球資格賽，日本隊的小津在最後一刻ＰＫ進球，這妳一定知道吧？」

桌上的雞尾酒幾乎已是杯底朝天，醉得口齒不清的男人彷彿要透露深藏心中的祕密，浮現微笑：「就是小津爲何ＰＫ能進球的謎團。」

「啊，原來你是指那個ＰＫ。」

「不然還有哪個ＰＫ？」

「念力的縮寫不也是ＰＫ？」

「我不清楚。」

「最近有個超能力者很紅，你曉得嗎？」女人毫不在意地打斷男人的話。「據說是擁有預知能力的殺人魔。」

「這是科幻小說，還是電影劇情？」

「假設有個殺人犯……」

「在哪裡？」男人左顧右盼。

「某個地方。假設有個人將在某個地方殺死某人，但另一人事先就預知凶手想殺人。」

「我聽得頭都暈了。」

「於是，那個人在凶手殺人前，將凶手殺死。」

「爲了防止殺人而不惜殺人，聽起來挺矛盾。」

「這個人殺的都是壞人，稱他是正義使者也不爲過。但壞人還來不及殺人就死了，所以這個人反倒被當成殺人魔。」

「眞恐怖。」

「一點也不恐怖。只要不當壞人，就不會被殺。」

「我不是那種意思。妳想想，那傢伙總在壞人實際動手前，把壞人殺死吧？」

「是啊，這叫防患未然。」

「要怎麼證明眞的有人會被殺？事情還沒發生就被阻止了，不是嗎？難道不會錯殺無辜的人嗎？換成是我，根本不敢動手，我害怕殺錯人。」

「別擔心，那個人有預知能力。」

「預知能力有多準確？想到這一點，就覺得恐怖。搞不好那個人根本沒有預知能力，一切只是他的幻想。況且，不管基於任何理由，都不該殺人。」

「即使對方是壞人？」

「當然。這種恐怖的想法繼續發展下去，最後會演變成屠殺行爲。」

「或是相反的狀況。」

「相反的狀況？反屠殺行動？」

「大肆殺害無辜百姓，叫『屠殺』吧？相反的狀況，就是爲了拯救無辜百姓而殺死一個人。」

「那是怎樣的狀況？」

「要是有人跟你說『只要你一死，全世界都能得救』，你有勇氣自殺嗎？」

男人雙手交抱胸前，沉吟半晌，斬釘截鐵地回答：「我做不到。」

聽男人的語氣有些粗魯，女人明白剛剛突然改變話題惹惱了他，於是言歸正傳：

「一般說來，足球的ＰＫ戰，踢球的一方是不是較有利？」

「啊，沒錯。」

「那麼，進球不是理所當然嗎？我不太懂足球，卻也知道小津選手很厲害。他成功射門，有什麼好奇怪的？」

「話雖如此，但小津在那場比賽有些不對勁。直到下半場的傷停時間爲止，他的表現毫無亮點，又失誤連連，實況轉播的解說員還懷疑他染患病毒性感冒。沒想到進入傷停時間後，他突然大發虎威，大膽運球深入敵陣，甚至甩掉守門員，迫使敵方在禁區內犯規，簡直是神乎其技。」

「神也會運球？」

「那只是一種比喻。接著就是關鍵的ＰＫ，轉播鏡頭清楚拍出小津的表情。那一幕不知在電視上重播多少次，妳一定也看過吧？」

「沒看過。」

「妳應該看一看。」

「我剛剛決定打死也不看。」

「總之，小津一臉凝重。」

男人彷彿要吐露所有心事，過度認眞地描述當時小津的表情。男人說，那表情就像捨棄信念，準備將靈魂賣給魔鬼。男人說，那表情就像煩惱著該不該出賣躲藏在自家閣樓的少女，告訴追兵她的下落。男人說，那表情就像是把性命跟另一齣巨大的悲劇放在天秤上衡量。對了，拿剛剛的話題來比喻，就像在自問：「爲了拯救世界，我該不該犧牲自己？」

「然後，宇野走到一臉沉重的小津身邊。究竟宇野對小津說了什麼，小津又對宇野說了什麼，成爲那場ＰＫ戰的不解之謎。」

「多半是爲他打氣吧，好比『加油』或『放輕鬆』，於是小津回答『包在我身上』。」

「眾多謠言中，最多人相信的說法是這樣的——」

小津選手有個就讀小學一年級的獨生子。那天，孩子並未待在家裡，而是遭來歷不明的歹徒擄走，監禁在距離父母極爲遙遠的地方。小津和妻子又氣又急，幾乎陷入恐慌，卻無法向警方尋求協助。歹徒老套地威脅「如果報警，孩子就會沒命」，加上不是勒索贖金，而是提出「在亞洲資格賽最後一戰一定要得分」的古怪要求，夫婦倆不敢輕舉妄動。這個綁匪集團或許是日本代表隊的瘋狂球迷，只要小津不負眾望踢出致勝球，孩子就能平安歸來。

「資格賽開打前不久，小津銷聲匿跡約莫兩週。有人說他和總教練吵架，帶著宇野自行找地方練習，也有人說他出國查探敵方隊伍的底細，事實上可能是在爲綁架案奔波。」

「他沒報警？」

「大概沒有吧。世界盃足球資格賽開打前，孩子遭到綁架，他一定是失去了理性判斷的能力。」因酒精失去理性判斷能力的男人如是說。此時他該做的並非賣弄似地講述足球比賽的傳言，而是發現女人今天沒戴戒指，問出女人剛跟男友分手的大消息，並且暗示自己想預約女人身邊空下來的情人寶座。可惜男人完全沒察覺這個大好機會。

「所以，小津拚命想進球。攸關兒子的安危，他無法保持冷靜。比賽中表現不佳，純粹是求好心切，造成反效果。最後的最後，他終於獲得ＰＫ的機會。不知該說是苦盡甘來，還是有志者事竟成，果然有才能的人會在關鍵時刻發揮實力。」

「不進球孩子就會沒命，他太過緊張，表情才會那麼憂鬱？」

見女人一點就通，男人心滿意足地用力點頭。「沒錯，但宇野走近告訴他：『小津，放心吧，孩子已獲釋，你想怎麼踢就怎麼踢』。」

一時之間，小津沒聽懂宇野這句話是什麼意思。片刻後，小津臉上綻放神采。聽到兒子平安，他心中的大石落下，幾乎想坐倒在地。他露出少年般的笑容，在球場燈光的照耀下益顯燦爛。

「這聽起來不合理。」女人突然像在法庭上提出抗議的律師，鏗鏘有力地反駁。發言也就罷了，還像在模仿課堂上的學生，微微舉起手。

「宇野怎會曉得小津的孩子遭到綁架，又怎麼曉得孩子已安全回家？」

「宇野是綁架集團的成員，要不然就是負責傳遞消息的中間人。」

「咦，真的假的？」女人頭一次表現出感興趣的樣子，男人不禁有些得意。瞧瞧，此時男人應該注意到女人手上少了一枚戒指，但他依舊毫無所覺。

「這是眾家說法之一。如今宇野已死，真相也將永遠埋葬。」

「啊，宇野先生去世了？」女人突然對宇野加上敬稱。

男人得意地鼻孔翕張，談起宇野的死因。小津在資格賽ＰＫ戰成功進球的兩個月後，宇野在自家附近的暗巷遭一名患有毒癮的男子襲擊身亡。

「你該不會想說，幕後黑手是那個綁架集團吧？」

「不，我猜只是偶然。」

「可是，小津跟宇野先生不是小學同學嗎？忘記在哪裡的報導上看到，他們小時候都曾遭受霸凌。」

男人也看過那篇報導。小津和宇野參加學校的足球社，經常遭學長欺負。由於身材瘦小，往往只能挨揍，他們頻頻蹺掉社團，膽怯地逃回家。「然而，我們的人生在某天完全改變。」小津如此告白：「那一瞬間，我們醒悟逃避無法解決問題，唯有挺身面對才是唯一出路。那是我們的轉捩點。」

「那麼，會不會是ＰＫ時，童年玩伴的宇野先生出聲安慰『比起從前受過的欺負，這根本不算什麼』？聽到這句話，小津選手緊繃的神經一鬆。」

「確實也有這樣的說法。」男人應道，忽然醉意大增，垂下頭胡言亂語。

「還有另一種說法，就是我受夠了你的遲鈍。」女人撫著沒戴戒指的手指，但男人已聽不見。

C

接起手機，交談兩、三句後掛斷，祕書官輕描淡寫地報告：「下一個行程延期，負責說明修正案的課長突發急性盲腸炎送醫。」

「急性盲腸炎？」大臣詫異地提高嗓音。他們剛結束一場會議，正搭車返回廳舍。

「居然有這種事？」

「急性盲腸炎是一種確實存在的疾病。」

「我不是那個意思。」

「既然接到消息，多半是真的。」

「這倒是。」大臣嘴上這麼回答，心頭卻沉甸甸，胃隱隱發疼。「搞不好也是一種手段。」他脫口而出。

「手段？」祕書官反問。

「說穿了，就是一種折磨人的方式。」

那名課長與大臣言語投機，共事期間培養出良好的信賴關係。一股無法抵抗的強大力量，似乎試圖切斷兩人的關係，大臣備感壓迫。

大臣觀察著祕書官的表情，忍不住想質問：「你呢？你也是來監視我的嗎？」

來到雙向四線道的大馬路，車子加快速度，但沒多久就遇上紅燈停下，大臣盯著穿越斑馬線的行人。車子再度前進後，大臣靠著椅背眺望窗外景色。一棟興建中的摩天大樓緩緩掠過大臣的視野。架設在樓頂的巨大起重機看起來威風凜凜，彷彿能撕裂車子底下的每一片道路、每一塊土地。

「施工中的大樓，能帶給人夢想。」

「您說什麼？」祕書官敏感地察覺大臣在低喃。

「每次看到那樣大規模的建設工程，就有種安心感。施工代表我們還有未來，你不認爲嗎？」

「中途停擺的工程可不少。」

「我父親常說……」

「又是次郎的故事？」祕書官應道。

「不，是關於未來的故事。他告訴我們，未來車子能飛上天，每個家庭都擁有機器人，只要躺進醫療艙就能治癒所有疾病。」

「那是漫畫的世界。」

「他還預測未來會上映立體的色情電影。那大概是父親的心願吧。」大臣笑了起來。「總之，父親一天到晚對我們述說未來的世界多麼神奇。」

「令尊的想像力眞是豐富。」

「原以爲他太過樂觀，最近我終於能體會他的心情。我問你，告訴孩子未來是美好的，跟老實告訴孩子未來多麼糟糕，哪邊才是正確的做法？」

「斷定未來會光輝燦爛，似乎有些不負責任。」

「如果預測的是明天的天氣，確實很不負責任，因爲人力無法改變天氣。預測明天的天氣必須正確無誤，聽眾才曉得如何做準備。但是，未來操縱在人的手上。說得更明白點，人心會左右未來。未來可能是光明的，也可能是黯淡的，目前無法下定論。每個人的情感互相影響，能夠逐漸改變這個世界的未來。既然如此……」

「就算撒謊，也要描繪一個光明燦爛的未來？」

「那麼，告訴你未來天上都是機器人，跟未來會發生核子戰爭，哪一種比較好？」

大臣問祕書官。

「天上都是機器人有點恐怖，搞不好是軍事機器人。」祕書官應道。

「你眞愛挑我語病。」大臣一笑。

「我沒那個意思。」祕書官冷冷回答。

接下來，車內安靜無聲。司機默默轉動方向盤，祕書官默默操作平板電腦，大臣默默望著窗外。

「小時候我很期待看見二、三十年後的世界，總是滿心雀躍。現在的孩子呢？」

「您指的是？」

「想到二十年後的世界，現在的孩子會滿心雀躍嗎？」

半晌後，祕書官開口：「關於小津選手在ＰＫ戰的表現，您是否想聽現階段的調查結果？」

「有進展嗎？」

「當時宇野選手走到小津選手身旁說了什麼，社會上眾口紛紜。宇野選手與小津選手顯然有過交談，但他們一直低著頭，看不清楚嘴型。」

那段影像大臣也看過好幾次。燈火通明的球場，最後的傷停時間。一身藍色制服的宇野皺起眉，像在強忍笑意，又像在強忍痛苦。穿釘鞋的他踩著草皮，低頭說話。短短一瞬間，他轉向觀眾席，微微舉起手，雙唇開開闔闔。

「宇野肯定說了話，但看不清表情，所以臆測滿天飛，有的合情合理，有的荒誕不經。其中最聳動的謠言，就是小津的兒子遭綁架，小津受到威脅。隱藏在ＰＫ戰背後的犯罪，大眾最喜歡這類話題。」

大臣憶起看過無數次的錄影畫面。

天空彷彿糊上藍布，強烈的燈光照亮橢圓形球場，小津的笑容顯得格外燦爛耀眼。他的眼角擠出皺紋，宛如聽見雙親讚美的少年，又好似第一次射門成功，浮現毫無雜質的笑靨。看到小津的表情，宇野微微一笑，旋即轉身離開。

「此外，坊間還流傳著一個沒品的謠言。」祕書官提起小津選手的不倫八卦。

當時，小津與同隊選手的妻子外遇。起初是抱持尋求刺激的態度玩玩，雙方見面總是小心翼翼，不料日久生情，逐漸疏於提防，對方的丈夫，也就是宇野終於發現。小津害怕憤怒的宇野，又備受背叛好友的罪惡感折磨，一直無法集中精神比賽。沒想到，小津踢PK球前，宇野突然主動開口：「只要你能進球，這件事就一筆勾銷。」

「聽到偷情對象的丈夫說一切一筆勾銷，不會露出那麼清爽的笑容。」大臣一笑置之。「他眞的外遇了嗎？」

「小津夫婦確實感情不睦，但與宇野的妻子外遇純粹是謠言。經過調查，數年前小津曾與另一名女子出軌，不過應該沒人知道。」

居然有辦法查出沒人知道的事情，大臣佩服不已。但祕書官一臉理所當然，絲毫沒有沾沾自喜。

「你的意思是，小津確實外遇過？」

「我有情報來源。」

大臣的腦袋裡，頓時浮現幹事長的話。他明確地警告：「要是不幫忙做僞證，就公開你寡廉鮮恥的行爲」，還說「是不是事實由大眾決裁」。同樣的道理，即使小津沒外遇，只要傳出消息，就會變成事實。

這次大臣私下委託的調查，祕書官運用數家民營企業的資源。

畢竟是十年前的事，小型徵信社能查到的線索有限，不如找體育記者或喜歡挖演藝圈內幕的自由寫手，反而能蒐集到更多消息。爲了避免洩漏委託者的身分，祕書官迂迴透過層層管道，所以比一般的調查費時。

「若小津選手還活著，直接向本人求證，便能輕鬆完成調查。」

話雖如此，小津健在也不一定會老實說出眞相。世界盃結束，小津受了傷，痊癒後卻遲遲無法恢復水準，國內職足賽始終無法上場，不得不選擇退休。爲取得S級足球教練資格，小津前往海外參加業餘球隊的比賽，沒想到在當地遭遇颱風，客死異鄉。

車子停在紅燈前，祕書官望向窗外，左側矗立著幾棟頗新的公寓。夕陽餘暉下，建築物牆上微泛紅光。

「資格賽最後一戰的半個月前，小津選手與宇野選手曾同時消失一陣子，您曉得嗎？」祕書官像是直接念出平板電腦上的內容。

「是指兩人私下找地方練習的傳聞吧？」

「調查報告中，伊豆某分售式老舊公寓的居民證言頗耐人尋味。」

「伊豆的公寓？」

「那居民的父親是公寓管理員，常向他提起十年前的一件往事。」

那棟公寓各戶多已轉賣或出租，管理員根本無法掌握居民的身分。十年前有段時期，管理員常聽見某戶傳出慘叫與怒吼，擔心發生犯罪，數度前去按鈴關切。應門的總是一名穿西裝的男人，他向管理員解釋：「我們是電影公司的職員，在檢查拍好的影片。」對方態度恭謹有禮，不像在撒謊，但每當聽見撞擊或哀號聲，管理員仍會心驚膽跳。這種情況持續約一星期才停止。

「一星期後，管理員目睹數名男人走出那一戶，離開公寓。其中一人的長相，管理員覺得十分眼熟。」

「是誰？」

「事後管理員才想起，那個人很像在電視上看到的小津選手。」

「長得很像小津？」

「沒錯。」

「這些人到底在屋裡做什麼？」

「不清楚。管理員老年痴呆，如今住在療養院。」

「或許他是隨口胡謅。」

「可能是，可能不是。」

車內沉寂片刻。

過一會兒，忽然有人冒出一句：「抱歉，容我插個話。」大臣愣一下，不知道說話的是誰，仔細一瞧，原來是在開車的司機。

「我從以前就想問您一個問題。」

「怎樣的問題？」

「救那孩子時，您是怎麼想的？」

聽完司機的疑惑，祕書官跟著問：「那是幾年前發生的事？」

「當上議員的頭一年，我剛滿三十歲，算起來已超過二十五年。那時我什麼也沒想，只是拚命向前衝。要是我更理智一點，或許根本不會做出那樣的舉動。」

大臣回想著當年的時勢。二十七年前，執政黨代表在討論消費稅議題時說出不當言論，引發社會強烈反彈，選舉風雲變色，最大在野黨獲得歷史性的全面勝利。

「您拯救孩子的新聞令我印象深刻。」司機語氣頗爲興奮，「那是非常勇敢的舉動。」

大臣偏著頭，像在尋找天空般往上看。實際情況是，他只能看見車內的天花板，但那一天瞬間目睹的景象，清晰地掠過腦海。

「如今想來，那或許是一種考驗。」大臣近似無意識地呢喃。

「什麼考驗？」祕書官立即反問。

「譬如……」大臣停頓一下，思索片刻才接著道：「譬如考驗我有多大的勇氣。」

「考驗勇氣？誰來考驗？怎麼考驗？」司機十分困惑，「那不是一起意外事故嗎？」

「那是一場意外事故沒錯，我也不曉得該怎麼形容……」大臣搖搖頭，「不過，我認爲有某個巨大的力量，會不時以各種方式考驗人類。」

「不太明白您的意思。」

「我也是懵懵懂懂，只知道人總會面臨抉擇。比方，一場重要的足球比賽，前鋒帶球進入禁區後，該自行射門還是傳給隊友，就是一種抉擇。受到考驗的不是判斷力或決策力，而是勇氣。人往往會突然遇上必須下決定的情況，在這種時候，勇氣便會受到考驗。」

「來自誰的考驗？」祕書官問。

「這個嘛，我也說不清楚。」大臣一笑。「不過，我想那不會是特定人物，沒辦法找出他叫什麼名字、住在哪裡。」

「您是認眞的嗎？」

「或許是些以扭曲他人信念爲樂的傢伙。」司機插嘴道。

「某種神祕的組織？」大臣哈哈大笑，祕書官則連嘴角也沒上揚半分。

A

一時之間，小津沒察覺自己摔倒在地。比賽進入傷停時間，小津便處於恍惚狀態。他只記得甩掉第一名後衛，至於接下來怎樣利用重心轉移及腳步動作擺脫第二名後衛與守門員，則毫無印象。

摔倒的剎那，小津的身體浮在半空，忽然想起孩提時代的往事。

眼前出現一條大馬路。這是有著中央分隔島的寬廣車道，兩側的人行道也不窄。一棟棟新落成的大廈，宛如包夾車道的牆壁。小津揹著書包走在路旁，身邊是宇野。那是就讀小學的他與宇野。

「小津，算了吧，我們退出社團，我再也撐不下去。」宇野一臉慘白，揉著短褲下的臀部，連珠炮似地嘀咕。

「嗯，我也是。」小津同樣揉著臀部。

足球社的練習過程中，學長狠狠踢了兩人好幾腳。而且是先以樹枝尖端刮傷臀部及大腿，才往傷口猛踢。那種感覺就像鞋尖刺進皮肉，兩人痛得慘叫，學長卻呵呵笑個不停。其中又以某個學長最愛欺負身材瘦小的學弟。這學長十分狡猾，在老師面前總是裝出優等生的模樣，看在小津和宇野眼裡，簡直是找不到弱點的惡魔。

「我們太矮小，不適合當運動員。」宇野踢著提袋，臀部滲出的血沾黏在短褲上。

每一天都在陰鬱、恐懼與痛苦中度過，小津默默想著。一看到太陽西沉，胃就隱隱作痛。一想到明天太陽依舊會升起，心情更是無比沉重。宇野和小津一樣，是由母親獨力扶養長大。

「貧窮的孩子期望靠足球飛黃騰達，這樣的想法太不切實際了。」宇野經常把這句話掛在嘴邊。

「但踢足球真的很快樂。」

兩人都害怕失去最後的寄託。

就在這時，道路的正前方出現一群人。那群人步履蹣跚，看起來毫無生氣。年紀、體型皆不相同，男女老少都有，大多是中年婦女和老人，但也不乏穿西裝的男人。他們緩緩走向小津和宇野。

「那些人在幹嘛？簡直像殭屍大軍。」宇野低喃，兩人一點也笑不出來。放眼望去，每個人都垂頭喪氣，神情鬱悶，甚至明顯流露怒意。衣著雖然各不相同，卻全是暗沉的灰色。

接著，小津感到一股強大的衝擊力，意識被拉回卡達的球場。哭哭啼啼按著臀部的十七年後，小津趴倒在地，草皮在臉上摩擦，臉頰肌肉扭曲變形。

宛如雪崩般的歡呼聲自背後席捲而來。

小津抓緊草皮，撐起身子，慌忙尋找球的去處。仔細一瞧，球就在身邊。

就在他迷茫地回想有沒有射門時，哨音響起。

會場內的歡呼聲響徹天際，撼動了大地。

B

作家躡手躡腳地走進二樓的孩子房間。此時夜已深，日期上算是隔天凌晨。六張榻榻米大的狹窄房裡擺著兩張床，孩子們熟睡的表情幾乎一模一樣。兩人踢開棉被，古怪的睡姿彷彿在表演特技。緊閉的眼皮、眼皮上的睫毛、微開的雙唇，在在流露對社會的毫無防備。背叛孩子們的信賴衍生出罪惡感，作家胸口隱隱抽痛。

作家輕輕關上門，穿過走廊，回到房裡，愣愣看著原稿。上頭的紅字飄了起來，在眼前舞動。

作家想起從前看過的電影。

那是一部德國人拍的電影，敘述越戰時期一名在寮國遭到俘虜的美國空軍士兵企圖脫逃的故事。敵軍逼這名士兵簽下承認「母國鑄下大錯」的聲明書，他斷然拒絕，於是受到嚴刑拷打。

電影很有趣，作家去看了兩次，不過印象最深刻的，卻是後來電視播出的宣傳用幕後花絮。在主角被迫簽名的場面，導演的旁白解釋：「一旦他簽名，便意味著背叛母國。敵人告訴他，其他俘虜都已簽名，但他堅決貫徹自身信奉的主義。」

看到這裡，作家恍然大悟。原來這名軍人信奉的「主義」正遭受考驗。

「喂，你還好吧？」妻子走進房裡。她只是形式上敲敲門，沒等丈夫回應便開門入內，但作家沒生氣。近二十年的婚姻生活中，他深深體會到妻子粗線條的個性，不知拯救多少次神經質又過度謹慎的自己。妻子遞給他一塊糕餅，說是鄰居太太旅行帶回來的土產，順口問：「我看你緊張的程度，似乎比以往嚴重？」

作家一時拿不定主意，不知該不該吐露心中的憂慮。如果能夠，作家想告訴妻子神祕男人莫名其妙強迫他修改原稿的事，讓妻子笑罵他的愚蠢。

「我在外頭偷腥，快瞞不住了。」作家故意擺出凝重的表情，扯開話題。實際上，作家有過外遇前科，這是聽起來像玩笑話的自白。

「哦，別擔心，反正我也出過軌，彼此彼此。」妻子毫不在意地笑笑，留下一句話便轉身離開。

作家面對列印出來的原稿，讀著密密麻麻的紅字，思考著該不該照指示修改，忍不住嘆口氣。

「編輯今天是不是說了你什麼？」

聽見妻子的話聲，作家抬起頭。妻子又走回來嗎？作家模模糊糊想著，不禁吐露在飯店聽到的那番有關享受自由的螞蟻，及破壞自由的人類孩童的譬喻。

「螞蟻跟小孩？我聽得都糊塗了。」妻子咬一口糕餅，讚嘆著「哎呀，內餡眞好吃」，又若無其事地說「不過，我大概能理解那個人的意思」，作家錯愕不已。

「妳能理解？」

「他是想說，世上有股無法違逆的洪流吧。」

作家狐疑地左右張望，不明白妻子指的「洪流」在哪裡。

「這個世界充滿奇妙的潮流，及各種互相牽連的關係。例如，以前學校不是教過引發第一次世界大戰的原因，你還記得嗎？」

妻子怎會突然談起將近一百年前的歷史？作家內心詫異，仍回答：「奧匈帝國皇太子夫婦在賽拉耶佛遭到一名年輕人暗殺。」這是在世界史課堂上習得的知識。

「老師教到這段歷史時，我覺得很恐怖。區區一起凶殺案，居然演變成世界大戰。」

「我也有同感。」

「然後，有一天，我讀了你房裡的一本書……」妻子信步瀏覽，從後頭書架抽出泰勒撰寫的《發生戰爭的理由》（註），隨手翻閱。「書上說，奧匈帝國皇太子夫婦來到賽拉耶佛時，當地許多民眾對奧匈帝國的侵吞極爲不滿。反對組織策畫的暗殺行動成功前，其實已有五人失敗。」

「五人？」

「第一人和第二人等不到拔槍的時機，第三人忽然同情起皇太子無法下手，第四人半途逃走，第五人成功扔出炸彈卻沒殺死皇太子。第六人得知前五人失敗後相當沮喪，走進一家咖啡廳。」

「簡直像三隻小豬的故事。第一隻小豬用茅草蓋房子，第二隻小豬用木頭蓋房子。」

「另一方面，皇太子因爆炸事件勃然大怒，決定立刻離開那個地區。」

「換成是我，也會逃之夭夭。」

「沒想到坐在咖啡廳裡自怨自艾的第六人，恰巧遇上逃亡的皇太子。」

「眞是無巧不成書。」

「很不可思議吧？各種偶然及趨勢互相影響，導致皇太子夫婦遇害，甚至演變成世界大戰。」

「即使第一隻小豬就暗殺成功，也會引發世界大戰。」

「沒錯，我認爲這意味著有股超越個人的巨大力量在推動世界。」

「就是所謂的命運？」

「比命運更錯綜複雜。世上每一件事的『原因與結果』都是曖昧不明的。區區一起謀殺案，居然牽連出造成一千萬人死亡的世界大戰。」

註：泰勒（Alan John Percivale Taylor，一九〇六～一九九〇），著名英國歷史學家。《發生戰爭的理由》（*How Wars Begin*）是他在一九七九年的著作。

作家接著想起，第一次世界大戰是西班牙流感（註）肆虐全世界的主因。如此推想下來，皇太子遭到暗殺，竟是西班牙流感的遠因。甚至可說，第六名刺客爲排遣落寞走進咖啡廳的念頭，間接影響數千萬人的人生。

「我也不曉得該怎麼形容，搞不好就是這樣的連結在推動世界。小小的變化不斷累積，最後演變成沒人能預測的世界變化。或許我們可說，全世界有數不盡的人，在數不盡的地方，接受各式各樣的指示。」

「這麼摸不著邊際的話，虧妳說得如此自然。」作家終於察覺，今天的妻子跟平常不太一樣。

「不過，這樣想心情會輕鬆許多吧？」妻子慈和地瞇起眼，「人總是會在某個時刻，遇上某種考驗。在背後推動的是一股強大得難以想像的力量，就算你費盡心思，也沒辦法改變一絲一毫。這麼想不是比較快樂嗎？每個人都像骨牌一樣，再怎麼抵抗，該倒的時候還是會倒。」

「那我到底該怎麼做？面對這股強大的力量，我的意志與決定又有何意義？」

「答案很簡單，不管你怎麼做，都不會對局勢造成太大影響。」

「所以呢？」

「選擇在孩子們面前抬得起頭的那一項吧。」

「就這麼簡單？」作家反問，赫然發現妻子根本不在眼前。門關著，房內鴉雀無聲。原來現實只到「偷腥」話題結束，妻子離去爲止，之後與作家對話的妻子全是幻影。作家羞得面紅耳赤。

接著，作家察覺自己拿著泰勒的書。仔細想想，妻子一向不愛閱讀，不可能來找書看。

作家重新審視桌上那份經過修改的原稿。當初在飯店迅速瀏覽，看不出到底依循怎樣的方針。仔細琢磨後，作家發覺作品風格已完全不同。

作家抓起話筒，打給責任編輯。

對方立刻接起電話。

「我剛剛重看改過的稿子……」

註：一九一八年爆發的流行性感冒，造成全世界約十億人感染，數千萬人喪命。

編輯丟下一句「你等等」，接著便傳來完全不同的嗓音：「有什麼問題嗎？」對方肯定是在飯店見過的西裝男。作家不禁有些驚訝，他爲何還待在編輯身旁，又不是情侶，整天都要膩在一起。

遲疑半晌，作家決定說出心中的想法。作家告訴男人，雖然很想配合，但照這樣修改，作品會變得膚淺無聊。

「膚淺無聊，指的是什麼意思？」

「作品裡的陰暗面消失無蹤，一切變得太美好。」

「美好哪裡不對？」男人冷冷反駁。

「我若是讀者，一定會相當失望。」

「是嗎？我倒是認爲沒問題，這能讓您的作品更完美。」

「恕我難以接受。」

「您非接受不可。」男人斬釘截鐵地說：「否則會大禍臨頭。」

這一瞬間，第一次世界大戰的歷史再度掠過作家腦海。歷經五隻小豬的失敗，第六隻小豬終於成功殺害皇太子夫婦，成爲世界大戰的導火線。然而，反過來想，或許是前面五隻小豬沒依指示行動，才引發「大禍」。將第一次世界大戰稱爲「大禍」，一點也不爲過。

一回過神，電話已掛斷。

作家目不轉睛地凝視攤開在桌上的原稿，一動也不動。

「他堅持貫徹自身信奉的『主義』。」

那部戰爭電影的導演評論，掠過作家心頭。

不光是自己，任何人奉行的主義或信念都可能突然受到考驗。考驗的方式也許是誘惑，也許是威脅。世上層出不窮的外遇及貪汙醜聞，大概是最典型的例子。

無法承受考驗，就會拋棄自身信奉的主義。

每當有人絕望、妥協或挫敗，就會有一種陰鬱、混濁的物質逐漸沉澱累積。作家想像著這樣的景象。某人拋棄的信念化成醜惡的烏鴉，緩緩降落在地。一隻隻烏鴉不斷落下、重疊，視野愈來愈陰暗。隨著數量增加，就像是關掉燈光，燦爛的未來爲黑夜籠罩。

然而，整件事也可反過來思考。

世人慘遭大禍，搞不好是某人逞強或自我滿足，守著信奉的主義不放。

天亮了。走到餐廳一瞧，一家大小都已起床。

作家坐在餐桌旁，向睡眼惺忪的孩子們說起未來會出現飛天汽車，孩子們聽得雙眸發亮。他們一臉認眞地詢問父親，飛天汽車的雨刷在進入雲層時是否管用。作家笑著瞇起眼睛。

E

這是一片經過重新開發的地區，傳統的狹小屋舍及店家都遭到拆除。沿著雙向四線道的大馬路，鋪設花崗岩的人行道綿延。他走在人行道上，路邊的杜鵑花叢盛開，放眼望去盡是新建的公寓。

他剛參加完爲新進議員舉辦的研習會，正要前往弟弟的住處，商量老家庭院的整修事宜。

當選議員已過半年，至今仍像一場夢。趨炎附勢之輩、專愛糾纏新進議員的媒體記者、支持者……身旁圍繞著各式各樣的聲音與無形的牽制，他好似陷入漩渦，有種踩不到地的感覺。

研習會結束，眾議員紛紛準備離開，其中一人卻走過來。

「我是令尊的忠實讀者。」對方壓低音量，彷彿在告白自己是左派在野黨的間諜。

哦，是嗎？他露出吃驚的表情。由於有個作家父親，從小他就常在各種場合遇到父親的書迷，早已司空見慣。只是，沒想到同樣的話會出自黨內議員的口中，他不禁有些羞赧。

「聽聞直到過世前，令尊仍持續創作？」

「他純粹是無事可做。」

剛上中學時，父親癌症逝世。記得父親躺在病床上，微笑著說「幸好只是這種程度」。當時醫生應該已告知父親罹癌，他實在不明白，父親怎麼會說「只是這種程度」。

「還以爲會發生大地震或洪水。」病床上的父親有氣無力地低喃：「萬一眞的發生，或許是我害的。」

當時東南亞確實發生大規模地震，傷亡慘重。但他沒告訴臥病在床的父親，因爲找不出非說不可的理由。

父親反覆住院與出院，不到一年便去世。

不改變日本的政治，國家肯定會完蛋。前輩議員熱血沸騰地說著。現下雖然景氣不錯，但只是暫時的現象。好比扔出一顆球，球會沿拋物線落下。我們生活在落下的過程中。著地之前，國民甚至不曉得自身在「墜落」。連政治家也抱持鴕鳥心態，不肯承認「墜落」的事實。不幸的是，若要讓球再度上升，只能藉助反彈的力量。

「什麼意思？」

「意思是必須先墜落谷底，才可能向上攀升。」

前輩議員愈說愈興奮，嘴角像螃蟹一樣不斷冒出泡沫。他直盯著那些泡沫，不發一語。

他走在寬敞的人行道上，看見前方出現一群人。約莫有數十人，聚集在路旁。由於年紀、性別及服裝皆大不相同，實在不像擁有共同職業。難不成是抗議團體，剛結束活動準備回家？但他們手上沒有任何寫著口號或標語的看板、旗幟。爲了避開這些人，他刻意往路旁大樓移動。

錯身而過時，他試著仔細觀察。

這些人都滿臉疲憊，猶如行走的枯萎植物。儘管衣裝不同，並非穿著制服，但不曉得是不是光線的緣故，看起來全是沉重的鉛灰色。一個接著一個，好似不斷增殖的黴菌。

繞過這群人，他加快腳步，想離得遠一點。

身後彷彿有種陰鬱的濕氣，或許是不安、恐懼及惡意，沿著地面向外擴張，不斷污染周遭空間，隨時可能蔓延到自己身上。

「膽小會傳染。」他想起父親的口頭禪。原本似乎是某心理學家提出的論點，父親經常掛在嘴邊，彷彿有煩惱不完的事情。

背後這個集團，八成是「膽小」的集合體吧。不趕緊遠離，恐怕會遭到傳染。

就在他通過一棟大樓前方，偶然抬頭往上看時，一名孩童掉了下來。

C

「差不多快到了。」司機轉動方向盤，精神奕奕地說道。公務車在岔路左轉後筆直前進，不久在一處小十字路口遇上紅燈，停了下來。只見大樓外牆裝設一面巨大螢幕，播放著減肥商品的廣告，主打標語為「比你至今為止嘗試過的方法，更簡單、更有效」。突然，車內響起手機鈴聲。大臣以為是自己的手機，但幾乎是同時，祕書官開口：「是我的手機，我能接聽嗎？」

大臣點點頭，祕書官按下通話鍵，應幾聲後，旋即掛斷。

「我託人徹底調查當時的報導，對方打來報告。」

「查到什麼？」

「十年前，世界盃足球資格賽當天，東京都內有名男子遭到殺害。」

大臣完全沒想到會跟殺人扯上關係，不禁皺起眉。「凶殺案每天都有，不是嗎？」

「遇害的是小津選手和宇野選手就讀小學時的足球社學長。」

大臣大吃一驚，一時無法理解此事代表的意義。「這麼說來，他是欺負小津和宇野的學長之一？」

「那個人被車子撞死，肇事車輛逃逸無蹤，直到十年後的今天，依然沒抓到凶手。」

「這件事跟小津他們是否有什麼關聯？」

大臣小心翼翼地選擇適當的用詞。小津、宇野及另一名不知長相的學長。三張臉浮現腦海，大臣試著推敲三人背後的關係，卻理不出頭緒。

「此外，還查出一點。遇害的學長似乎涉及違法情事。」祕書官維持一貫冷漠的語調，像無血無淚的機器人。

「違法情事？買賣毒品之類嗎？」大臣脫口而出。

「球賽賭博。」祕書官回答。

這一瞬間，大臣的腦袋裡冒出以下景象。

宛如掛上藍布的夜空，輝煌耀眼的燈光，綠色大海般的球場，設置在草皮上的球門，穿紅色球衣的守門員，站在守門員前方的敵隊球員。這個穿藍色制服的球員，便是小津。他因對手犯規摔倒，此時終於站起。調整呼吸，瞥地上的球一眼後，他凝視著守門員。

「小津。」宇野走過來。

「對不起。」小津不禁脫口。

「爲什麼道歉？」

「爲了賭盤，今天非輸不可，我卻忍不住想射門。」接到球的瞬間，小津本能地開始運球，再也無法克制，宛如情緒爆發般不管三七二十一衝向球門。這樣的行爲，已違反「故意放水」的指令。

「不，小津，沒關係。」宇野板起臉，原本扁平的五官變得更扁了。

小津一臉驚愕，「沒關係？」

「學長那件事結束了。」宇野簡潔地回答。他低頭望著腳上的釘鞋，彷彿不敢與小津四目相交。「我看到觀眾席的暗號。跟事前講好的一樣，坐著一排穿白衣的男人。那代表我們已獲得自由。」

小津領悟話中的含意，覷觀眾席一眼，向童年玩伴宇野確認：「那麼，我想怎麼踢都行？」

宇野點點頭。小津鬆一口氣，嘴角微微上揚。

大臣摸著鼻子，無奈地問：「這麼說來，小津他們涉嫌簽賭？」

「目前還無法斷言，但依現有的線索來看，有這個可能。」

「爲何他們要……」

「我已委託小津選手、宇野選手當時使用的銀行，清查兩人帳戶的資金出入。」

祕書官輕描淡寫地回報，大臣有些納悶。涉及個人隱私的情報，這麼容易取得嗎？

「有人說小津選手和宇野選手從小家境清貧，將金錢看得極重。」

「有人這麼說？」

「揭開小津選手的現實人生，多半圍繞在這一類話題上。」祕書官提起別人的人生，像在描述昆蟲生態一樣。「不過我很好奇，您爲什麼如此在意那場ＰＫ？十年過去，何必執著於眞相？」

「原本我就對這種事頗感興趣。」大臣回答：「然而，最主要的是，我想知道在那場比賽中，小津是否懷有信念。」話一出口，大臣才猛然醒悟自己眞正的意圖。「我想知道，當時小津選手的勇氣受到怎樣的考驗。」

「理由呢？」

「勇氣是我現在最需要的東西。」

勇氣只能從擁有勇氣的人身上習得，大臣在內心默默吟誦。

萬萬沒想到眞相竟然會跟賭博扯上關係，大臣聳聳肩。「看來有些事還是不知道比較好。」

A

球場猶如汪洋大海。腳下的綠草隨風搖曳，感覺像站在海面上。馬上就得踢出ＰＫ球，小津卻雙腿痠軟。距離感盡失，原本應該在前方的白色球門，看起來彷彿橫跨自己頭頂。球門另一邊的觀眾席好似舞台背景，不帶絲毫感情，難以相信他們各自背負不同的人生。

一個穿紅衣的男人站在球門前，一下拍手，一下張開雙臂，不停左右跳動。好一會兒後，小津才理解對方是守門員。主審來到小津身旁，說了兩句話，但小津根本沒聽進去。燈光照明下，小津感覺有道人影靠近，睜眼一看，宇野出現在面前。

「你在想什麼啊？」宇野的容貌與小學時差別不大，只是多長鬍子。「剛剛的運球過人眞是太神了。」

「純粹是狗急跳牆。」小津呢喃。剛剛運球過人後射門失敗，功虧一簣。但埋怨自己在緊要關頭摔倒也無濟於事。

「你的臉色很差。」宇野站在小津身旁，卻低著頭以釘鞋撥弄草皮，一副神經兮兮的樣子，約莫也相當緊張。

「我只是心裡害怕。」小津也低著頭回答。兩人的模樣簡直像在互道愛意的害羞情侶。小津想向宇野坦白「其實我受到威脅」，卻說不出口。因爲連小津自己都搞不清楚，那到底是威脅、命令，還是單純的建議。

「如果有機會ＰＫ，請別進球。」

數個月前，那男人第一次出現在小津面前。當時小津去海外比賽，那男人突然造訪小津住宿的飯店，自稱是透過日本足球協會內部人士的介紹而來。他一身西裝，態度恭謹有禮，捧著一大堆莫名其妙的契約書。「世界盃足球資格賽最後一戰，倘使ＰＫ的機會到來，請不要進球。」

「應該是務必進球吧，你是不是說錯啦？」

「不，請不要進球，我希望ＰＫ失敗。」

小津不禁失笑，「爲何我非搞砸ＰＫ不可？」

假如是開玩笑，未免太不吉利，也太不恰當。接下來，男人又拜訪小津好幾次。再度吃閉門羹後，男人退一步，附加但書：「若最後一戰是決定日本晉級的關鍵比賽，才須遵守約定。要是在最後一戰前便確定通過資格賽，就當我沒說過這些話。」

於是，小津懷疑對方其實是在要求他踢假球，故意輸掉比賽。然而，男人否定：「我並非拜託您輸球。不管是運球過人射門得分，或傳球給隊友，協助隊友得分，這些都沒關係。您大可放心贏得比賽，與隊友享受勝利的滋味。」

聽起來，對方似乎把「享受勝利的喜悅」當成一種恩賜，小津感到有些匪夷所思。

「我只希望您ＰＫ不要進球。」

「要我故意踢歪，我可做不到。」

「用力過猛踢偏並不稀奇。即使是天才球員，在世界盃比賽中失誤的例子也比比皆是。」

「我不能輸。」

「您儘管贏，我沒說非輸不可，只要ＰＫ別進球就行。」

「既然如此，乾脆換人踢。」

「一定要你上場。」

「理由呢？命令我這麼做，你有何好處？」

「這是早就決定的事。」穿西裝的男人態度溫和，但聽得出絕非開玩笑或隨口說說。小津彷彿在跟一面鋼板對話，不管講什麼都會彈回來，還不斷迫近想壓扁他。

「要是不照做，後果會非常嚴重。不只是您，包含您周圍的人都會遭殃。搞不好某個地方還會發生重大災害。」

小津噗哧一笑，想像起ＰＫ成爲一道開關，一旦射門進球就會天崩地裂，猶如漫畫情節。這是哪門子的骨牌效應？

「故意失敗，違反我的信念。」小津呢喃。

「希望您捨棄信念。」男人語氣嚴厲。

小津仍堅決不肯答應。有一天，小津突然遭人架上車，載往海邊的公寓。

「你們想幹嘛？」「這根本是綁架！」「我要報警！」「這是犯罪！」小津不停吶喊，卻得不到回應。他被關在一棟不知名的建築物，食物會定期送來，但無法與任何人交談。屋裡擺著好幾台螢幕，畫面中的人不斷要求小津「聽從指示」。由於根本不可能破窗逃脫，日復一日的監禁生活，加上循環播放的洗腦影像，小津幾乎精神錯亂。後來，螢幕換成播放知名足球選手的ＰＫ失誤影像，連普拉蒂尼和巴吉歐（註）也在其中。關鍵的ＰＫ球沒進，觀眾席一片譁然，天才選手的反應不一，有的懊悔不已，有的抱頭嘆息，有的茫然若失。面對如此單純的洗腦方式，小津不禁苦笑。這些重複的畫面，猶如一條繩索，逐漸纏住小津的腦袋。不久，換成播放小津一家的照片，而且不是紀念照，明顯是偷拍照。小津猜不透幕後黑手的意圖，愈來愈忐忑不安。

不知多少日子過去，這天，穿西裝的男人再度來到小津面前。

「遵從指示便能獲得自由，不然就得一直待在這裡。」

小津跪在地上磕頭，嘴裡喊著：「我願意照做，放我一馬吧。」

回過神，小津發現自己好端端待在家裡。原來做了個噩夢，他擦著汗暗想。但那些可怕的記憶歷歷在目，他不得不懷疑一切都眞實發生過。

「看看那些觀眾。」宇野迅速指向觀眾席，抬抬下巴。小津順著他的目光望去，出現數也數不盡的臉孔。「那麼多人注視著我們，注視著你的ＰＫ戰。大家各有各的事情要忙，此刻卻聚集在此，隨比賽的狀況歡喜或悲傷。你不認爲實在很不可思議嗎？」

「別再給我壓力了。」小津苦笑。

「觀眾根本不曉得我們的辛酸，只會在賽後大放厥詞。」

「這倒是。」小津嘆口氣。「宇野，我問你。」

註：普拉蒂尼（Michel Platini，一九五五～）爲著名法國足球選手，擔任中場。巴吉歐（Roberto Baggio，一九六七～）爲著名義大利足球選手，擔任前鋒。兩人是足球界最具代表性的明星選手。

「怎麼？」

「要是我故意失誤會怎樣？」

出乎意料，宇野沒哈哈大笑，反倒嚴肅地問：

「有人這麼命令你？」

小津目不轉睛地凝視宇野，忍不住想問：「你早就知情嗎？」然而，最後他只說：

「我們會輸嗎？」

驀地，小津想起西裝男人的冷酷目光。果真如此，「輸」的不僅僅是這場比賽，還有其他重要的東西。

綠草不再搖曳，球場上的波浪逐漸止歇。

「要是我ＰＫ成功，又會怎樣？」小津問。

腳邊的草地彷彿伸出一隻詭異的黑手抓住小津，想把他拖入綠色泥沼深處。沉下來會輕鬆許多喔，耳畔響起誘惑的話語。

「就算我射門成功，一場足球比賽的結果，會對世界產生任何影響嗎？」

「當然。」宇野想也不想地回答。

「哪種影響？」

「你忘了嗎？年幼的我們想放棄足球時，看見什麼？」

小津旋即領會宇野的話。他指的不是明星球員在世界盃比賽中的神奇射門，也不是漫畫人物在故事裡大發雄威，而是放學後兩人哭哭啼啼地說要放棄足球，在街上看見的那一幕。

「跟那件事一樣。」宇野接著道。

「咦？」

「能夠爲大家帶來勇氣。」

不知何時，宇野已離開，禁區附近只剩小津，主審也不見蹤影。球門的輪廓清晰地出現在前方，連彎下身的守門員緊張的神情都看得一清二楚。

球就在離他數公尺的地上。

小津的腳底緩緩離開地面，開始助跑。速度逐漸加快，朝著球奔去。擺動雙手，彎曲膝蓋。

十七年前目睹的景象，再次浮現腦海。

那天放學回家，小津和宇野一起走在寬廣的人行道。發現公寓的陽台出現孩童的身影時，兩人根本搞不清狀況。陽台位在四樓，孩童沒嬰兒那麼小，但頂多只有兩歲。那孩童探出欄杆，像是在往下望。「好危險。」小津的話剛出口，孩童竟往前一翻，倒頭栽下。小津倒抽一口氣，渾身動彈不得。

孩童絲毫沒有掙扎，像盆栽般往地面墜落。

就在這時，衝出一道人影。穿西裝的男子仰頭看著孩童，神情極爲專注。伸出雙手奔跑的姿勢相當滑稽，簡直像可憐的乞丐，但動作十分敏捷。

小津和宇野愣愣看著這一幕發生在眼前。

整個過程只有短短數秒，兩人卻感覺孩童落下的速度異常緩慢。

孩童撞擊地面的景象掠過腦海。兩人在內心大喊：一定要趕上！

下一秒，孩童落入男子懷裡。

小津鬆了口氣，又驚訝不已，一股暖意在心頭擴散。

他情不自禁地朝著天空高舉雙手，發出吶喊。身旁的宇野也做出高呼萬歲般的姿勢。不僅僅是宇野，周圍的人都是相同的反應。人行道上剛好迎面走來一個數十人組成的團體，穿著灰撲撲的衣服，全是一副歷盡滄桑的落寞神情。但孩童得救的那一瞬間，他們和小津一樣興奮，發出不成話語的高喊，不像是鬆口氣，而是雀躍的歡呼，好幾個人抱在一起。成功接住孩童的男子一臉茫然，直到緊張感消失，才癱坐在地，渾身哆嗦。

驚天動地的吶喊響徹位於卡達的球場，撼動著小津的身軀。小津察覺自己跪在地上，挺直腰桿，高高舉起雙手。剛剛踢出的球，此刻落在球門內。心頭湧現的喜悅，與觀眾席的聲援及震盪互相交融，創造出更驚人的迴響。宇野衝過來抱住小津，笑得五官皺成一團，大喊：「幹得好！」小津再次朝頭頂的夜空舉起拳頭。

那群人圍繞著懷抱孩童的男子，震懾於前一刻目擊的情景，緊緊握住彼此的手，神情豁然開朗。當時還是小學生的小津與抱著足球的宇野四目相交，用力點點頭。

歡呼聲久久不能止歇，小津的拳頭依然筆直對著天空，似乎再也不肯放下。

C

「幹事長打來的？」祕書官問。大臣收起剛剛掛斷的手機，含糊應一聲。幹事長講的還是同一件事：「爲善從速，你得盡早下決定。沒錯，你的證詞會毀掉一個人，但反過來想，只要犧牲一個人就能解決難題。如果不照做，你也會遭殃。」

大臣遲遲無法決斷，只好懇求幹事長再寬限一些時間。

兩人來到廳舍，通過自動門，步向盡頭的電梯，按下按鈕。

「你認爲小津他們眞的涉嫌簽賭嗎？」大臣忽然向祕書官丟出問題。

祕書官看大臣一眼，應道：「如同方才所說，分析蒐集到的情報……」

「別管蒐集到的情報，你怎麼想？」

祕書官沉默片刻。那模樣並非發怒、遲疑或迷惘，而是在認眞思考。

「小津選手他們是否涉嫌簽賭，我不敢肯定。不過……」

「嗯？」

「我察覺您最近似乎在畏懼什麼。」

望著跳動的電梯樓層數字的大臣轉過頭。

祕書官的神情毫無變化，繼續道：「我十分擔心。」

「你在為我擔心？」大臣相當錯愕。

祕書官不明白大臣為何驚訝，一臉疑惑。

「我在畏懼……確實如此。」大臣坦然承認。「我父親常說『膽小會傳染』，這似乎是某心理學家提出的論點，聽起來很有道理。膽小、恐懼都會傳染。只要有人受挫產生恐懼，周圍的人也會受影響，引發連鎖反應，最後不再有人對未來抱持希望。或許是這個緣故，父親的小說總是悲觀又灰暗，雖然我沒讀過。」

「大臣，您不讀令尊的作品嗎？」

「一想到作者在家裡那麼邋遢懶散，實在提不起興致。」

「令尊在家裡很邋遢懶散？」

「還偷過腥。」大臣搓搓鼻子，笑了出來。

父親在病床上自白曾外遇的情景，浮現在大臣腦海。當時他問「這種事不是該帶進墳墓嗎」，父親卻回一句「要死也得找個伴」，根本牛頭不對馬嘴。

「父親的外遇對象有一次打來家裡，恰巧竄出一隻蟑螂，母親逃到二樓，是父親接的電話。他笑著說，運氣多半是在那次用光了。」

「看來令尊得好好向那隻蟑螂道謝。」

「他找到蟑螂，二話不說便踩死。」大臣聳聳肩。

半晌後，祕書官突然呢喃：「剛剛那句話……」

「哪一句？」

「膽小會傳染。」

「噢，那一句。」

「曾出現在令尊的作品裡。」

「可見他多麼喜歡這句話。他最愛瞎操心，想必深有同感。」

「其實還有後半段。」

「後半段？」

「令尊在書中完整引用心理學家的話。」

「原來這句話沒講完？」

「『不過，勇氣也會傳染』。」

「咦？」

「膽小會傳染。不過，勇氣也會傳染。」祕書官輕推眼鏡，「這是心理學家阿德勒提出的理論。」

大臣有些愣住，一動也不動地望著祕書官。那宛如鐵面具般毫無表情的臉，似乎終於出現變化。

「原來如此。」大臣應道。

「二十七年前，大臣拯救孩童的勇氣，一定也傳染給某些人。」

大臣目不轉睛地凝視祕書官，「你也相信那種幼稚的論調？」

祕書官臉上肌肉連動也沒動半分。「該怎麼說，只要這種幼稚的論調確實會影響人類的心理運作，批評才是最無意義的行為。」

大臣驚訝地打量著祕書官，注意到他右指有著明顯的手術疤痕。「那個傷是怎麼來的？」

「這個嗎？」祕書官看著自己的手指，解釋道：「小時候玩母親的縫紉機，不小心把食指和中指縫在一起，吃了不少苦頭。」

大臣眨眨眼，直盯著祕書官，退一步望向祕書官的後頸。果然有道疤痕，就在頸椎骨旁邊。祕書官察覺大臣的視線，摸摸疤痕。

「該不會是你咬著牙刷摔倒造成的吧？」

祕書官面無表情地指著自己的右眼，「我小時候還曾因電動打太久，眼睛喪失辨別色彩的機能。」

大臣腦袋一陣混亂，「我能問個問題嗎？」

「請說。」

「你被吸進電視裡，是怎麼逃出來的？」

祕書官忍俊不禁，笑道：「那次差點沒要了我的命。」

此時，叮的一聲輕響，電梯門打開。

超人

—

男人左手拿著摺好的外套走出大樓，發現人行道異常擁擠。每個人都仰著頭，嘴裡大呼小叫，像無頭蒼蠅般一下往左、一下往右移動。男人轉過身，注意到上方飄落一頂白帽，於是彎腰撿起。即使置身如此喧囂的環境，男人依舊不爲所動，邊走邊推敲帽子主人會是誰。男人想起帽子是從上方掉落，朝大樓屋頂望去，看見一架直升機。那架漆著紅白色彩的直升機，靠在屋頂邊緣，搖搖欲墜。大概是打算降落在屋頂的停機坪，卻著陸失敗。仔細一瞧，直升機的腳架處垂吊一個米粒般大的人影，似乎隨時會摔下來。

隔著雙向單線道的馬路，西側有條鋪設大理石的人行道。

男人撥開四下鑽動的人群，加快腳步。鞋底跟部著地，重心移至腳尖，抬起腳跟。鞋子上方的皮革一次又一次折彎，表面凹痕愈來愈深，宛如隨年齡增加的眼角皺紋。

每當腳尖離開地面，鞋上兩條流蘇便不斷彈跳、碰撞，像是一對吵架的雙胞胎。

男人找到公共電話。不過，那是簡易型，沒建亭子，話機就裝在圓柱台上，顯然不是變身的好地方。男人覷向熱鬧的人群，行經一間高級大飯店，穿越馬路。一輛黃色汽車按著喇叭呼嘯而過。男人一面跑，一面脫下西裝外套，手指插入領結與脖子之間，用力拉扯。解開領帶後，雙手伸進襯衫的鈕扣縫隙，往左右拉開，幾顆鈕釦彈落在地。襯衫底下可窺見深藍色衣服，胸口印著巨大的黃色倒三角，中央畫著類似英文字母「S」的紅色符號。

馬路正對面的大樓出入口有扇旋轉門。男人衝過去，用力一推，門板高速旋轉。短短幾秒內，約莫轉二十圈。當旋轉門停止，男人身上的西裝、襯衫及領帶已不見蹤影。原理跟擰毛巾水分會消失差不多。

男人換了一身打扮。

就在男人推動旋轉門，以極快的速度繞圈子時，身上變成一件色澤美麗的藍衣。質地相當不錯，有點類似絲綢，肩膀處還披覆大紅斗篷，蓋住整個背部，長及膝蓋窩。鼻梁上的眼鏡也消失無蹤。

「喂，你在幹嘛？」身旁一個燙捲髮的路人大喊。看男人穿藍色緊身服出現在大庭廣眾之下，他以爲是某種宣傳活動。

「待會兒就知道。」男人回答，接著朝天空舉起雙手，往地面一蹬，旋即飛上空中。紅斗篷翻了一翻，藍衣包裹的身軀如箭矢離絃，彈射而出。男人伸出右臂，直視前方，速度愈來愈快，皮膚因空氣摩擦不斷顫動。景色迅速向後流逝，底下便是車道。

抓著直升機腳架的女人手一滑，往地面墜落。她尖聲喊叫，圍觀路人的驚呼中摻雜著恐懼與悲傷。

男人背後的紅色斗篷不斷翻舞。他沿著大樓外牆加速往上飛，猶如一顆子彈。

女人繼續墜落，仰望著天空，雙眼翻白，幾乎失去意識。她做出類似高呼萬歲的動作，彷彿想強調自己的無能爲力。

男人再度加速，從下方迎上去，張開雙手繼續飛升。

他彎起手臂，舉到正前方，形成臨時搖籃。女人撞過來，筆直向下的重力完全落在男人的胳膊上。男人利用斗篷的翻轉增加空氣阻力，逐漸吸收衝擊，減緩墜落的速度。最後彷彿展開看不見的降落傘，翩然著地，優雅得有如向觀眾致敬的芭蕾舞伶。

男人的腳尖碰觸地面，斗篷緩緩下垂。整個場面恍若交響樂團演奏結束，指揮家放下手。擠滿人行道的觀眾咀嚼完感動的餘韻，才高聲歡呼、拍手叫好。

「那女的得救了！」「他剛剛在天上飛！」「女人平安無事！」「那個人到底是誰？」

影像停在這裡。拍手與歡呼聲戛然而止，飛天的超人也不再移動。以遙控器暫停影片的三島問：「所謂擁有特殊能力，就像這個超人一樣？」

2

「完全不同。」坐在三島對面沙發上的年輕人癟著嘴，搖搖頭。「我不會飛天，底下也沒穿超人制服。」年輕人拉開西裝外套，解開白襯衫的幾顆鈕釦，露出裡頭的純白內衣。

「那你會什麼？」

「預測未來。」

年輕人一本正經地說出這句話，三島一愣，皺起眉，望向坐在餐椅上的我。看著他們，我好像變成觀察比賽雙方你來我往的裁判。喂，這男人沒問題吧？他該不會是靠占卜詐欺的騙徒吧？三島沒開口，只投來求助的眼神。

這裡是三島家。

半個月前，我的一夜情敗露。從那天起，我與妻子便處於分居狀態。爲了確保每一天的安身之處，我吃盡苦頭。不是故意在公司加班到很晚，夜裡找網咖、商務旅館睡覺，就是頻頻造訪位於二子玉川的三島家。單身主義的三島，住的是獨棟建築。他二十幾歲時出道，成爲一名作家。由於我一向只看實用類書籍，不清楚他的小說到底有多大價值。實際上，我從沒好好讀完他的作品。不過，他的作品似乎頗受大眾好評，向朋友提及我認識三島，往往會引來羨慕的眼光。

三島相當聰明，這一點我承認。他的眼神銳利，像俯瞰地面尋找獵物的猛禽。不僅閱讀書籍、吸收網路知識，有時還會研究國外的論文，總覺得他無時無刻都在思考。不是天馬行空的異想，而是貼近現實的議題，譬如「國家與個人的關係」、「教育對人類本性的影響」、「女性發起性愛罷工的效果」等等，都是他自我辯證的切入點。他並未寫成文章發表，有時造訪他家，他會說「田中，能不能聽聽我的想法」，講述給我聽。不曉得這稱不稱得上是有益的活動，唯一能肯定的，就是三島眞的很喜歡動腦。

然而，三島也有幼稚得像小孩的部分。他最愛看超級英雄登場的電影或漫畫，並以模仿招牌動作或精彩場面爲樂。有一次，我們一起泡溫泉，他把臉貼在隔開男女浴場的牆上，喜孜孜地講解：「超人只要這麼做，就會有一道光打在牆上，牆壁瞬間變透明，看得見對面的景象。」接著，他換成將耳朵貼在牆上說：「超人的聽力很好，可以聽得一清二楚。」我費好一番功夫，才制止他愚蠢的行爲。還有一次，他打電話給減肥食品的廠商，氣呼呼地抱怨：「你們又不知道我以前怎麼減肥，憑什麼在盒子上印『比你過去的做法更簡單有效』？」

不僅如此，一旦支持的足球隊輸掉比賽，他就會臭著臉大喊：「這根本是在踢假球！我以後絕對不看了！」我印象最深的是二〇〇二年的日韓世界盃足球賽，日本與土耳其在宮城縣交戰的那一場。三島在日本隊敗北後大肆胡鬧，嚷嚷著「誰教你們不用紅薑隊的選手」，最後遭驅逐出場。

就在剛剛，看完有線電視轉播的職業足球賽，得知東京紅薑隊在最後一刻ＰＫ失敗，丟掉勝利，他立刻撥通電話，向對方大吼：「裁判的判決根本有問題！」不知究竟是打去哪裡。

十分鐘前，一個自稱姓本田的年輕人來到三島家。他按下門鈴，表明是保全公司的業務，畢恭畢敬地問「能否至少聽聽我的介紹」。我猜想，這個人多半是保全公司底下的推銷員，正挨家挨戶推銷專爲小型店鋪或私人住宅設計的保全系統。若是平日的三島，早就賞對方閉門羹吃，豈料三島竟覷我一眼，提議道：「田中，我們一起聽聽這推銷員想說些什麼。」簡而言之，三島支持的球隊戰敗，打算捉弄推銷員消氣。我有些於心不忍。

大概早有遭到拒絕的覺悟，獲准進屋後，推銷員的興奮之情全寫在臉上。看起來他年紀不到三十，纖瘦斜肩，一副靠不住的模樣。不過，他戴著黑框眼鏡，斯斯文文，倒也稱得上是帥哥。

不知基於什麼樣的判斷，他誤會我是屋子的主人。或許是三島外表太邋遢，像個吃閒飯的。「敝姓本田，請多多指教。」他遞給我名片。

「你搞錯了，屋主是他。」我指指三島。

小心眼的三島孩子氣地鬧彆扭，脹紅臉抱怨：「眞令人不爽。你這傢伙，未免太失禮了。不管怎麼看，都是我比較有屋主的架勢吧？」

本田驚慌失措，不停鞠躬道歉，只差沒跪下磕頭。

「算了，不必放在心上。」三島難得同情起對方。

「經常粗心犯錯，我也覺得很不應該。」

「喂，三島！瞧瞧，一個未來充滿希望的年輕人被你罵得自信全失。」

三島無奈地皺起眉，嘆口氣，扯起嗓子道：「只有不願改正的錯誤，才稱得上是錯誤。」

我和本田一陣錯愕，不明白三島怎會突然冒出這句話。

「這是甘迺迪總統的名言。」三島接著道：「當年攻打豬玀灣失敗，他有感而發。人非聖賢，孰能無過。再偉大的人也會犯錯。田中，重要的是搞清楚哪裡做錯。承認自身的錯誤，比什麼都困難。」

見我和本田反應冷淡，三島有些惱羞成怒，又誇大其詞：「甚至可說，歷史是由過錯所創造。」

「他來介紹保全系統，你怎麼談起歷史。」我不禁苦笑。

「田中，你知道諾貝爾嗎？」三島不理會我，繼續道。

「諾貝爾？是創辦諾貝爾獎的那位嗎？」

「沒錯，報紙曾誤登他的死訊。」

「咦，眞的嗎？」本田興致勃勃地湊過來，或許是裝裝樣子。

「報紙怎會刊登他的死訊？」

「其實是諾貝爾的哥哥去世，記者卻誤會是諾貝爾。看到自己的死訊，諾貝爾當然錯愕，但更令他驚訝的是，報導中批評他是『死亡商人』。」

諾貝爾發明炸藥，遭外界揶揄爲「死亡商人」，這個典故我也聽過。「說死人的壞話，實在不應該。不過，諾貝爾當時還活者，算不上死人就是。」

「田中，你知道嗎？數年後，諾貝爾立下成立諾貝爾獎的遺囑。」

「眞的嗎？」

「田中，這意味著他不甘被稱爲『死亡商人』，才會做出令大眾刮目相看的舉動。」

「他心裡想著『我要成立諾貝爾獎，你們等著瞧』，是嗎？」我懷疑三島在胡扯。

「沒想到諾貝爾這麼有搖滾精神，不過我多少能體會他的心情。」

「歸根究柢，要是沒有那篇錯誤的報導，根本不會出現諾貝爾獎。」

「不見得吧，搞不好還是會成立。」

「田中，你就是愛強詞奪理。那你呢？明白我這麼說的用意嗎？」三島觀察著本田的神情，「過錯具有創造歷史的力量。再舉一個例子，你們曉得第一次世界大戰是怎麼爆發的嗎？答案是奧匈帝國皇太子遭到暗殺。事實上，那場暗殺行動中，共有五個人失敗。」

「三島，你離題太遠了。」

三島哼一聲，心不甘情不願地說：「好吧，你想介紹哪種商品給我？」

在澀谷搭上田園都市線，到二子玉川站下車，走進老舊的住宅區，鑽過彎彎曲曲的巷道，才能抵達三島家。附近的房屋稱不上低調奢華，頂多算是堅守傳統的舊時代產物。每一座宅邸都有高聳的圍牆及氣派的庭木，看起來確實需要裝設保全系統。換句話說，本田登門造訪不算找錯對象，我給予正面評價。「可是，這一帶的房子年代久遠，想裝保全系統的居民早就裝了吧？」三島犀利反駁。沒錯，不無道理。

「您眞是一針見血。」本田挺直腰桿，像回答長官的士兵。「不過，恕我直言，最近犯罪案件的報導層出不窮，原本不重視居家安全的居民，難保不會突然心生不安。」

「原來如此，恐懼與不安是保全公司的最佳推銷員。強盜凶殺案愈頻繁發生，你們賺得愈多。」

「是的，這麼說也沒錯。」面對三島的譏諷，本田仍正經八百地回應。他攤開宣傳手冊，繼續道：「爲了守護您的居家安全，敝公司提供各式各樣的商品。」

「各式各樣？例如？」

「從窗戶的開關感應器、監視攝影機到空氣清淨機，應有盡有。」

「空氣清淨機？」三島一愣，隨即點點頭。「原來如此，保全公司不僅能防止壞人入侵，也能防止髒空氣入侵。」

「您說對了。」本田一臉認眞，「此外，還有防止野貓便溺的設備。」

「防止野貓便溺？」三島興致高昂地湊上前。

本田解釋，這種設備會發出只有貓才聽得見的超音波，讓貓感到不舒服。只要裝設在庭院，野貓就不敢靠近。由於搭配紅外線感應器，爲防止死角出現，設置地點必須經過專業評估。

「不過，上了年紀的貓聽力會變差，效果也比較不好。」

「眞有意思。」三島聽得嘖嘖稱奇，雙眼閃閃發亮，顯然對驅貓設備非常感興趣。

我沖好咖啡，放在他們中間的矮桌上。

「田中，我家是不是也該裝這套系統？你覺得如何？」三島一臉認眞地問。

「裝了也好。畢竟你是知名作家，搞不好哪天會出現不速之客。」我調侃道。

「不，我指的是驅趕野貓的保全系統。」

「不需要吧？從沒在你家庭院看過貓。況且，搞不好有時你會想拉貓進來幫忙趕稿。」

三島冷冷瞪我一眼，哼笑一聲，咕噥道：「田中，沒想到你也會開這種無聊玩笑。告訴你，貓和保全系統的結合可是有學問的。一般而言，人類的系統無法囊括動物，因爲難以有效管理……」

聽到這裡，本田的態度忽然改變。他先是一愣，目不轉睛地凝視三島，接著轉頭望向客廳牆邊的書架。那書架上擺著幾本三島的著作。本田急忙拿起公事包，抽出一本袖珍版的書，說道：「三島老師，我是您的忠實粉絲！」

我有些吃驚。三島的心態似乎也起了變化，他端正坐姿，捉弄推銷員的惡作劇意圖消失得無影無蹤。

我不負責任地想像，以此爲契機，本田青年有希望說服三島簽下保全合約。然而，本田竟脫口說出一連串出乎意料的話：「三島老師，今天萍水相逢，也算一種緣分。我有個煩惱，不曉得您能否給我一些建議？我一直悶在心裡，不敢告訴任何人，甚至有點自暴自棄。」見本田低頭講個不停，三島看我一眼，露出困惑的神色。

「三島老師，我讀了您那部作品，最後一句帶給我極大的勇氣。」本田提起三島的小說內容。

「是、是嗎……」三島顯得有些招架不住。

「你怎麼啦？幹嘛臭著一張臉？」我故意取笑三島。

「沒什麼，從前寫過一部小說，以積極進取的台詞結尾，評論家卻笑我膚淺幼稚。」三島老實回答。

「這刺傷你的心？」

「不，那評論家只是不甘輕易被最後一句話牽著鼻子走。就像電影的片尾曲，光明燦爛點哪裡不好？一般讀者就算了，評論家的批評不應如此空泛。」

聽得出三島是在給自己找台階下，我不想爲這話題浪費口水。

半晌，本田忽然開口：「不曉得怎麼解釋……總之我跟一般人不太一樣。」

「不太一樣，是什麼意思？」

「我擁有特殊能力。」

本田彷彿在懺悔罪過，態度陰鬱沉重，我有些不知所措。該以怎樣的語氣回應？要是太過認眞，搞不好會成爲笑柄。三島想必也很傷腦筋，他拿起手邊的遙控器，打開電視，播放收藏的老電影中的著名橋段。來自宇宙的超人帥氣變身，飛上空中拯救從直升機墜落的女人。「所謂擁有特殊能力，就像這個超人一樣？」三島問本田。不料，本田竟表白「我能夠預測未來」。

三島面色如土，我只好拋棄如裁判般的旁觀者立場，催促本田解釋。「意思是，你能知道未來會發生什麼事嗎？」

本田轉過頭，神經兮兮地注視著我。

「他叫田中，算是我的助理。」三島直到此刻才介紹我的身分。

轉眼間，接待客人用的玻璃矮桌上排滿一張張剪報，全是本田從公事包取出來的。我不禁懷疑他怎會隨身帶著這些東西，難道是新的詐騙手法？

剪報共約十張，日期各不相同，泛黃程度與尺寸也不一樣。內容不是凶殺案，就是意外事故。不等本田開口，我便默默猜想，他大概會信誓旦旦地聲稱早就預知這些案件。

三島雙手交抱胸前，一副若有所思的表情。

3

祕書官坐在居酒屋吧檯，不安地左顧右盼。

「沉著點。」身旁的大臣安撫道：「不會有人認出我。上任才兩個月的大臣，誰會感興趣？要有那樣的知名度，得多幹壞事，在電視或網路上頻繁亮相，我還太嫩了。」

大臣頭髮花白，但戴著眼鏡，儼然猶如文質彬彬的孱弱青年。不過，仔細觀察後，會發現他沉穩的態度中，隱隱流露歷經滄桑磨練出的韌性。既像一片靜謐的湖水，又像一座險峻的高山。或許是孩子病逝留下的悲傷，或許是剛當選議員時遭媒體窮追不捨的陰影，大臣並非帶著睥睨的眼光，也非天真地信奉理想，而是以柔軟的姿態面對一切事物。短短兩個月，祕書官已數度折服於大臣高明的處世智慧。

大臣拿起酒瓶，往祕書官的杯裡倒酒。祕書官受寵若驚，一時慌了手腳。

「你這種態度反倒容易讓人起疑。」大臣笑道。「跟你說件往事。有一次，我父親的外遇對象打電話到家裡來，母親接聽後，跟父親狠狠大吵一架。」

「光想就毛骨悚然。」

「是啊，母親不巧接到電話，只能怪父親運氣太差。不過，父親卻一副氣定神閒的模樣。」

「那眞是……了不起。」

「我從中學到一個教訓，只要保持冷靜，所有麻煩都能迎刃而解。」

「話是沒錯，」祕書官嘴裡咕噥，「但您是公眾人物，不該輕率來到這種地方。」

「我受到世人矚目是三十歲時的事，如今已過三十年……正確來說是二十七年。沒人會在意陳年舊聞。」

「不，沒那回事。」

大臣的年紀大祕書官一輪，就要滿六十歲。可是，祕書官與大臣對話時，總有一種錯覺，彷彿眼前這個人比自己小，像性格豪爽的年輕人。再加上大臣對任何人都一樣溫柔，不會因年齡性別改變態度，早年與女明星或酒家女傳出的風流韻事，恐怕不是空穴來風。「你工作認眞仔細，値得信賴。腳踏實地才能成爲最後的勝利者。何況你當了這麼久的祕書官，經驗豐富，應該更有自信。」大臣毫不掩飾地讚揚，祕書官登時喜形於色。

「爲什麼突然來居酒屋？」明知遮掩沒有意義，祕書官仍忍不住縮起脖子，避免旁人瞧見自己的長相。

「沒特別的理由，純粹覺得在這裡喝酒很開心。」

不久，旁邊一名蓄鬍的小夥子向大臣搭話。對方約莫二十幾歲，留著一頭長髮，穿著邋遢。祕書官心生警戒，懷疑對方早看穿大臣的身分，想藉酒醉搭訕，引誘大臣說出不當言論，並錄音下來。不然就是假裝酒醉糾纏，其實是要以暴力手段傷害大臣。倘若小夥子眞的圖謀不軌，祕書官不能坐視不管。於是，祕書官站起，喝斥一聲「喂」，大臣卻好整以暇地制止。「別瞎操心，他只是喝醉了。」

「但是……」

實際上，這幾個月來，大臣正處於多事之秋。

從在野黨變成執政黨，大臣發現過往研擬的政策不切實際，無法付諸執行。然而，在黨內的壓力下，大臣的立場岌岌可危。「既然開出政治支票，就得硬著頭皮做下去，否則會成爲在野黨攻擊的焦點。」黨內高層如此警告。此外，大臣在電視節目上說了一句「政治家最大的敵人是面子、自尊與虛榮」，更是在社會上掀起軒然大波。

不過，相較於外界的風風雨雨，大臣倒是處之泰然，似乎沒受到太大的精神打擊。現下，他還能與祕書官並肩坐在居酒屋裡談笑風生，滿不在乎地評論：「瞧瞧，他的眼神毫無緊張感。依我的觀察，他不是在演戲。如果眞的是演技，我被騙也是心甘情願。」祕書官雖然放心不下，仍只能坐回原位。

「老伯，聽我說。」小夥子的手肘移近大臣，整張臉湊過來。「政治！我猜你從不看報紙也不上網，但我想跟你聊聊政治！」

大臣強忍著笑意。

我告訴你，這個國家沒救了。老伯，這就像把球扔到空中一樣。球不斷往上飛，到達頂點便會掉下來。社會與經濟的成長也是相同道理，走勢一定是條拋物線。不管飛得再高再遠，最後都會下墜。尤其是資本主義社會，這種現象更顯著。生產商品、販賣商品、開發賣相好的商品、思考顧客需要的商品……這樣的狀態不可能永遠持續下去。買的人不可能永遠都有想買的東西，賣的人也不可能永遠都有新商品推出。既然如此，要怎麼解決困境？最簡單的方法，就是奪走大家擁有的東西，全部破壞殆盡，然後從頭來過。希望一個人購買電視機，最快的手段就是搶走他擁有的電視機，對吧？戰爭也好，大恐慌也好，大災害也好，總要有一切從頭來過的機會，國家才能維持下去。不然，基於物理法則，國家只有步上毀滅一途。難道你認為國家的經濟能夠一直向上攀升，突破天際，永遠不會跌落嗎？果真如此，未免太愚蠢。其實，最妥善的做法，是讓有錢人拋棄資產，但沒人會願意放開手中的財富。

小夥子醉得口齒不清，談話內容了無新意，祕書官早就感到不耐煩，大臣卻聽得津津有味。不僅頻頻點頭，還不時附和「嗯嗯，原來如此」或「是嗎？眞糟糕」，像在聽兒子吐苦水的父親。

小夥子滔滔不絕地繼續道。

講得更明白點，經濟愈發達、社會愈富足，人類愈接近滅亡。老伯，你想想，以前沒有洗衣機，光是清洗晾乾，通常要耗一整天吧？如今有洗衣機、烘乾機，省下許多時間。要說便利嘛，確實挺便利。但空閒一多，你曉得會發生什麼情況嗎？沒錯，就是胡思亂想的時間變多。爲何我會出生在這世上？爲何我總有一天會死？大家會思考起毫無意義的問題，追求自身存在的價値。後果會如何，你知道嗎？告訴你，大家會互相比較，導致自我表現欲、虛榮心與忌妒心愈來愈強。每個人都想成爲他人羨慕的焦點，想從事風光體面的職業，不想做任何人都能勝任的工作。誰出鋒頭，就看誰不順眼。有人爬得高，就千方百計扯下來。倘若看見比自己優秀的人，會產生「要繼續努力」、「要向對方看齊」的念頭，世界或許還會進步。然而，現實沒這麼美好，大家往往暗中期待對方落魄潦倒，才能趁機嘲笑一番。所謂的競爭社會，分兩種類型。一種是追求自我成長的良性競爭，但例子少之又少。大部分情況是處心積慮陷害他人，以求不費吹灰之力獲得成功，形成惡性競爭。一旦陷入這種情況，大家會變得消極保守，害怕一旦犯錯，就會被抓住把柄。

這正是冷笑社會的最佳寫照！每個人都在蔑視他人、分析他人，想辦法待在冷眼旁觀的位置。

懶惰的人想要不勞而獲，就會採取暴力且自私的手段。把認眞做事的人當傻子，妄想投機取巧成爲贏家。

政治家也一樣，太過在意民眾支持率，就會變得畏畏縮縮。如果政治家只會做所有人民都贊成的事情，還要政治家幹嘛？你說，這麼講有沒有道理？設法推動一般百姓無法認同的政策，才顯現得出政治家的價值。

不久前，我接到報社打來的民調電話。當然，我很認眞、很誠懇地回答。不過，想想看，蒐集我們這種政治門外漢的意見，把結果刊在報紙上，宣稱「這就是民眾的心聲」，有什麼意義？假如報社設計一份問卷，寫著「你認爲民意調查有沒有意義」，大多數人回答「沒意義」，難道新聞媒體就會收手放棄？不，那些人絕對不會停止。既然如此，民意調查意義何在？

「我們出去吧。」祕書官催促著大臣，邊招呼服務生結帳。

「或許該推薦他當我們的黨內幕僚。」大臣開玩笑道。

「提到恐龍！」小夥子還在嘀咕個不停。

提到恐龍，牠們的社會延續長達一億年。老伯，你說對吧？昆蟲也一樣。

我猜，爲了存活下去，每天有太多事情要做，牠們沒空鑽牛角尖。例如，一頭暴龍看見其他暴龍，也不會想著我要過得比牠好，要讓大家羨慕我的一生。老伯，你說對吧？正因如此，恐龍的社會才能維持長久繁榮。還有，蟑螂也在地球存活三億年，你看過蟑螂使用洗衣機嗎？

所謂的經濟成長與文明發達，到頭來只是縮短社會的壽命。洗衣機的壞處，在於讓人類擁有自我意識。老伯，我的話有沒有道理？

祕書官在大臣耳畔低聲提醒：「該回去了，明天一大早得出席簡報會議。」

大臣點點頭，轉向小夥子，開口道：「不過恐龍沒辦法打電動，沒辦法看電影，沒辦法踢足球，大概也沒辦法看美女裸照自娛。」

「恐龍本來就沒穿衣服，看什麼裸照？」小夥子吐出這句話，終於醉倒在桌上。

大臣笑了笑，便斂起神色，注視著祕書官道：「對了……」

「您有何吩附？」祕書官心跳頓時漏一拍，彷彿承受著美女的視線。

「能不能麻煩你幫忙調查一件私事？」

「請說。」

「我想找個人。」

「找誰？」

「小夥子剛剛提到拋物線，喚起我二十七年前的回憶。」

祕書官恍然大悟，「您想找當年救的孩童？」

約莫是害羞的緣故，大臣的臉皺成一團。「不曉得他過得好不好。」

祕書官收下服務生找的錢，起身走向門口。

背後傳來酒醉小夥子的大膽言論。

「恐龍不穿衣服，所以不必洗衣服！」小夥子大叫，簡直像親眼見證世紀大發現的科學家。

4

我觀察著坐在沙發上的本田青年。三島撐著下巴，仔細閱讀桌上的剪報，問道：

「依你的說法，你運用預知能力，提前曉得會發生這些案件或意外？」

這些剪報上的新聞不是凶殺案，就是意外事故。

當然，三島跟我一樣，不相信所謂的預知能力。我在三島身旁落座，拿著剪報，瞥保全公司名片一眼後，注視坐在正前方的本田。

他仰望著天花板。不，雖仰著頭，卻閉上雙眼，姿勢有些古怪，像是下定某種決心。不一會兒，他放鬆全身力氣，直視三島。

「你的推測很接近事實，卻不是事實。或許本質相同，但結論完全相反。」

「這是什麼意思，田中？」三島轉頭問我。或許他打算拖我下水，稀釋從眼前的年輕人身上感受到的詭異氛圍。

「其實，」本田青年告白：「這些剪報上的案子全是我幹的。」

我與三島啞口無言。屋內唯一的聲響，來自矮桌上的時鐘。滴滴答答聲刺入內心深處，彷彿在催促我加速思考。

原本犀利注視著本田的三島，突然向後彈飛。說是彈飛有點誇張，他坐在沉重的沙發上，要移動沒那麼容易。現實中，沙發只是稍稍旁移。不過，三島受到的震撼，不下於跟著沙發一起翻倒。

「別擔心，我不會胡亂害人。」本田急忙解釋，像在坦承自身的隱疾。

「但是……本田……」三島拉正歪斜的沙發，看著桌上的剪報問：「這些全是你幹的？其中包含鐵路月台意外之類的……」

「難不成是你推人下去？」我不禁加重語氣。

本田閉上雙眼，宛如強忍淚水的孩子。

我與三島面面相覷，不知如何是好。雖然考慮過是不是該立刻報警，把這個年輕人交給警方，又擔心是誤會一場。我不敢肯定已完全理解他想表達的內容，搞不好他的話只是一種比喻或假設。

我還在暗自糾結，本田忽然開口：「每天我都會收到通知足球比賽結果的電子郵件。」

不知爲何，他談起毫不相關的事。

「通知比賽的電子郵件？」

那是一種電子雜誌，本田青年解釋。原以爲他想扯開話題，卻發現他的表情異常嚴肅。

只要職業足球聯盟的一軍隊伍進行比賽，本田的手機便會收到通知。數年前申請這項服務後，本田一直沒取消。「爲什麼不支持東京紅薑隊？」三島湊過去質問道，第一次表現出強硬的態度。本田滿臉歉意地聳聳肩，並未答話。

電子郵件內容通常包含對戰隊伍的資料、輸贏、得分、進球者等訊息，並簡單敘述整場比賽的過程。「可是，兩年前郵件內容突然變成人名。原本應該寫著隊伍名稱的地方，出現陌生男子的全名，後頭沒任何說明，只有地址、日期及一些數字。」

「會不會是來歷不明的垃圾郵件？」我問。

「起初我也不太在意。」

5

本田毬夫原本確實沒放在心上。發信者的電子信箱沒變，郵件標題也一如往常寫著「○月○日第○輪比賽結果」。打開郵件後，他才發現不對勁。內容沒出現隊伍名稱或比賽結果，只有短短一行字，包含人名、地址、日期及數字。

到底怎麼回事？本田毬夫頗爲納悶，反覆讀了幾次。這實在不像是手機故障，只能認爲是發信者的疏失。除了置之不理，沒別的解決辦法。不久後大概會收到一封道歉信，寫著「請當作沒看到前一封信」之類的任性要求吧，所以他沒放在心上。

隔天早上，本田重新確認那封郵件，內容卻是再正常不過的比賽結果通知。

昨晚那封信是怎樣？

本田操作手機，試圖找出那封寫著陌生人名的信，豈料一無所獲。他一頭霧水，懷疑是眼花，或太過疲累出現幻覺。

三週後的同一天，同樣的事情再度發生。

接下來，將本田毬夫收到信的過程與心情，依時間順序以日記的方式呈現。當然，本田毬夫根本沒有寫日記的習慣，文字純屬虛構。

○月○日　我又收到怪信。上頭的人名及個人資料，我一點印象也沒有。那名字與我的有點像，內心不禁拉起警報，但我跟對方毫無瓜葛。地址在山形縣，我根本沒去過。試著在網路上搜尋，卻找不到任何相關線索。

○月○日　早上檢查昨天收到的信，竟然變成正常的內容。我忍不住告訴在當系統工程師的朋友，詢問是否有這種技術。我的意思是，會不會有人開發出一種電子郵件，寄達後會隨時間改變內容？好比昆蟲的羽化，前一天還是蛹，隔天卻變成蟬。朋友回答，假如使用電腦，可在信中夾帶讓收信軟體顯示錯誤畫面的病毒程式，但手機要達到相同效果難度較高。我上網搜尋，找不到類似案例，只好擱置不理。

○月○日　相隔兩星期，我再度收到謎樣的信，寫著陌生的姓名、陌生的地址、兩星期後的日期及數字。我想親眼目睹這封信改變內容，一有空就拿出手機查看。然而，直到睡前都毫無動靜。

○月○日　起床後拿起手機一看，信的內容變成足球賽果通知。這是怎麼回事？難道睡一覺醒來，信的內容就會變化？

○月○日　再度收到怪信。拿給剛好在旁邊的朋友看，他的回答讓我大吃一驚。

「咦，千葉隊以二比一獲勝？太好了。唔，你說這封信哪裡古怪？」

○月○日　我到醫院檢查眼睛，結果是毫無異常。醫生建議我轉到精神科，可是，除了會收到怪信外，我的生活起居毫無問題，實在提不起勇氣。

事情發生在星期三上班途中。一大早，常磐線的上行電車月台一如往常擠滿人。每一個車廂的停靠處排著等間隔的隊伍，放眼望去，前後左右都是人。乘客互不相識，不會打招呼，也不會點頭致意，像一群站在雪中的企鵝。

頭頂上響起電車進站的廣播。列車自右方駛來，逐漸減速，發出略爲尖銳的摩擦聲。隔著車窗，看得見車廂內萬頭鑽動。這是每天早晨慣例的景象。車門打開，幾乎沒乘客下車，排隊的企鵝陸續前行，一隻又一隻踏進擁擠不堪的列車。

車廂內人滿爲患，本田毬夫夾在一群西裝男子的中間。每當列車搖晃，他們不會設法站穩腳步，而是倚靠在旁邊的乘客身上。當然，那個乘客也把全身重量交付在其他乘客身上。所有乘客隨車身搖晃變形，恍若巨大的果凍。這或許算是一種合作模式，大家互相配合，讓擁擠的車廂舒適一些。乘客雖然個個面無表情，毫無心靈交流，卻能發揮團隊合作的精神。

電車一強烈搖晃，乘客身體便會斜傾，本田毬夫擺出最保險的姿勢。晃得再劇烈一點，大家恐怕會變成一團捏扁的肉黏土。兩側窗邊各設有一張七人座長椅，本田被擠到椅子前。有些乘客坐在椅子上看報紙，一副輕鬆自在的模樣，但本田並不羨慕。爲了搶到座位，不知得歷經多少爭戰與煎熬。

本田毬夫漫不經心地瞥向攤開的報紙，斗大的標題映入眼簾。那是一則發生在山形縣的車禍報導。一名醉漢開車撞上散步中的幼稚園孩童，造成五人死亡。

本田毬夫並不特別感興趣，只是在搖搖晃晃的車廂裡無事可做，眼前既然有字，便不由自主地讀了起來。不知不覺間，本田已通篇讀完。坐在椅子上的男人一直沒翻動報紙，當然也是原因之一。

肇事者的名字有點眼熟，不曉得在哪裡看過，但肯定不是認識的人。

仔細回想後，本田恍然大悟。這名字跟他的頗像，而且他確實看過。那不是前幾天出現在那封怪信裡的名字嗎？

接著本田又想，信裡寫的日期似乎是昨天，不就是車禍發生當天？

就在本田努力挖掘模糊的記憶時，坐在椅上的男人翻動報紙。車禍的報導消失在背面，取而代之的是彩券的全版廣告。

從那天起，只要收到怪信，本田就會記錄下來。

○月○日　我看了報紙。前天那起跟蹤狂案件的凶手名字，我記得很清楚，跟上星期出現在那封信裡的一模一樣。前往信上的地址一瞧，附近全是警察和媒體記者，根本無法靠近。

於是，本田毬夫陷入沉思。

神祕電子郵件的內容，會不會是肇事者的姓名與地址，以及案發的日期？換句話說，這會不會是一封預言犯罪的電子郵件？

果真如此，該怎麼辦？

6

聽完本田的告白，我和三島互望一眼，內心充滿疑問。然而，所有疑問似乎可歸納為一點，就是如何應付眼前這名青年？

三島的腦筋轉得很快，剛聽完本田的解釋，便猜到本田真正想表達的意思。大概是根據預知未來的電子郵件、凶殺案的剪報及本田之前的發言，同步進行推理。

「難不成你相信電子郵件的內容，殺掉那些即將成為加害者的人？」

還沒理出頭緒的我，一時無法理解三島的話。

本田面色凝重，卻帶著三分滿足。他點點頭，異常激動地回答：「沒錯，不愧是三島老師。不過，我殺的全是壞人。要是放著不管，他們會濫殺無辜。」

我的腦袋一片混亂，像灌了鉛般昏昏沉沉。相較之下，三島早已恢復冷靜。他皺起眉，嚴肅地瞪著本田，拿起手邊的剪報。

「你有槍？」三島問。報導中的受害者，有幾個遭到槍擊。「如果這案子是你幹的，你應該使用了槍。你的槍是怎麼來的？你們公司賣的防身用品也包括槍嗎？」

「那是一開始偶然獲得的武器。」本田回答。

我不禁好奇，他指的是什麼的一開始？

「信裡寫的都是殺人凶手的個人資料。他們會引發某種事件，奪走無辜生命。我心裡這麼推測，卻無法輕易相信，因爲……」

「嗯？」

「這不是很像漫畫的情節嗎……」

「是啊，要是把你的故事寫進小說，肯定會招來恥笑。」三島加重語氣。「但你還是把漫畫般的情節滔滔不絕地告訴我。」

「所以，我決定到信裡寫的地址瞧瞧。」

前往信中指示的地點一看，發現是一棟獨立住宅。本田認爲是大好機會，於是利用保全公司推銷員的身分，上前按門鈴。

出來應門的，是個留長髮、身材瘦削的中年男子。平常挨家挨戶拜訪時，只要察覺屋主流露不悅，本田就會立刻告辭離開。這次畢竟情況不同，本田鍥而不捨地糾纏，遲遲不肯離去。或許是失去耐性，屋主的臉瞬間如惡鬼般猙獰，彷彿快噴出憤怒的岩漿。不過，屋主旋即恢復撲克面孔，向本田邀道：「好吧，你進來談。」

本田一陣錯愕，還是乖乖進屋。那屋子顯然是知名建設公司的設計，氣派宏偉，樓中樓式階梯與寬廣的走廊令人印象深刻。踏在客廳柔軟的地毯上，本田暗想，眞是意外的收穫。這麼高級的住宅，屋主搞不好會訂購保全設備，本田體內的推銷員靈魂有種心花怒放的感覺。不料，下一秒，眼前出現一把槍。眞正的靈魂恐怕不保，推銷員靈魂自然也消失無蹤。

原以爲是遇上強盜，本田有點懊悔沒早點來推銷保全商品。可是仔細一瞧，握著槍的居然是屋主。那屋主一對鼻孔翕張，槍口不斷逼近本田。

本田向我們描述當時的情況，語氣非常生動。

「那傢伙就是想殺人，不管誰都好。」

屋主不知透過什麼管道，弄到一把槍。擁有槍後，他極想試試開槍，欲望一天比一天強烈。起初，他抓附近的野貓練槍，趁回收可燃垃圾的日子扔到垃圾場。一段時間後，他開始想嘗嘗子彈射進活人肚子的滋味。跟資本主義中的經濟成長一樣，欲望會無止境膨脹。一個欲望獲得滿足，便會衍生另一個欲望。最後，連晚上做夢，他也會夢到向人開槍。那陣子，恰巧有個壽險業務員要來拜訪，男人決定對她下手。他引頸期盼這天的到來，像等待聖誕節般興奮。豈料，陌生的保全推銷員突然出現，還賴著不走，於是他變更計畫。只要能拿到聖誕節禮物，不是聖誕老公公送的也沒關係。只要能開槍，不管是誰都好。

「大難不死，只能說是僥倖。我怕挨子彈，拚命跟他扭打。電影不是常有這種橋段？拉扯的過程中，一個不小心扣下板機。原先，我以爲自己中彈，慢慢站起，心驚膽跳地檢查腹部與肩膀，既沒出血，也不疼痛。從此站不起來的反倒是屋主。」

「簡單地說，」三島指著本田，「那天你第一次殺人，獲得一把槍。」

「我帶走槍，但並不打算再次使用。」

我與三島再次面面相覷。精神不安定的不良少年，我們實在不太會應付。

此時，響起訊息鈴聲，本田的手機微微震動。

「啊，通知足球比賽結果的電子郵件剛好寄來。」本田觀察噁心昆蟲般閱讀內容。

他的眼睛半開半闔，顯得有些心不在焉，不知是不是想維持鎮定，壓抑不安。他的瞳孔左右移動，約莫在瀏覽文字。驀地，他瞪大雙眸，血色盡失。

「不要緊吧？上面寫什麼？」我說著站起，走到他身後偷窺手機畫面。

「抱歉，我有些慌亂。」本田仍找不回沉穩。

「又是預知未來的電子郵件？」三島問。

「是的。」本田回答，深呼吸幾次，喃喃道：「我嚇一跳。」

「爲何嚇一跳？」

「不好意思，方便借用廁所嗎？」本田突然問道，神情不像在撒謊，也不像要拖延時間。三島告知廁所的位置後，本田踩著搖搖晃晃的步伐離開。

客廳剩下我和三島，恰恰能趁空檔理一理頭緒。要研擬應對策略，現在是最佳時機。

「田中，那封信的內容正常嗎？」

「就是一般的足球比賽結果通知信。東京紅薑隊以〇比一落敗，大概是我們剛剛看的那場比賽。」

三島一臉苦澀地咂嘴，「眞是太奇怪了。」

「是啊，本田的反應確實古怪。」

「不，不是本田。當然，本田也很古怪，但我指的是剛剛的ＰＫ戰。後衛的腳只是碰到球，裁判竟然判ＰＫ，簡直莫名其妙。我承認，敵隊前鋒在緊要關頭的帶球突破神乎其技，我看得目瞪口呆。雖然是敵人，還是不得不稱讚，甚至希望他跳槽到紅薑隊。但不管怎麼說，那種情況判ＰＫ實在不合理。你不認爲他根本是在演戲，而且演得很爛嗎？那樣就能獲得ＰＫ的機會，每個穿高跟鞋在車站階梯摔跤的女人都能得到ＰＫ的機會。」

「是、是。」我隨口敷衍。一提到支持的足球隊，三島就會失去冷靜，變得火爆又激動，非常煩人。

「田中，目前爲止，你怎麼看本田這個人？」

「他的心理狀態不太對勁，可能患有精神疾病。」

「但他看起來不像瘋子。」

「活在這種毫無未來可言的社會，每個人或多或少都有一些精神方面的問題。」

「沒錯，就像你和老婆鬧離婚，搞得焦頭爛額。」

此時，我的腦海掠過不祥的預感，彷彿被木槌從意想不到的角度敲了一記。本田的自述，確實難以置信。「我擁有預知能力，爲了預防犯罪而犯罪」，聽到這種告白，恐怕誰都不會當眞。不過，萬一他說的是事實呢？我不禁懷疑，今天他上門造訪是偶然嗎？會不會另有企圖？

講得更明白點，本田出現在此，會不會是要殺害我或三島？

像是富有彈力的球場草皮，我渾身寒毛直豎。

時鐘滴滴答答的聲響迴盪四周，彷彿一群不受重力影響的小矮人，躡手躡腳在地板、天花板及四邊牆壁上徘徊。

「田中，怎麼啦？」三島敏銳地察覺我的異狀。

「沒什麼，我只是猜想……」

「你猜想，他今天是來完成使命的吧？」

沒料到三島也抱持相同的懷疑，我十分詫異，一時不知如何回答。

「果眞如此，他八成來殺你的，田中。」

我愣愣看著好友。

「我毫無殺人動機。可是，你也許恨不得殺掉分居中的老婆，或老婆外遇的對象。搞不好他早就摸清你的底細。」

這時，廁所傳來沖水聲，本田走回客廳。

7

球輕飄飄浮起，朝站在右側邊線附近的他墜落。比賽將近尾聲，選手們恰恰處於短暫的鬆懈狀態。所有人停下腳步，目送球向前飛去，像置身壯麗高原，踩著嫩草鋪成的綠毯，眺望遠方飄落的氣球畫出的拋物線。

他以右腳擋住氣球的瞬間，氣球變回足球，綠色草原變回球場。這裡不是悠閒的草原，而是你爭我奪的競技場。

得到球後，正前方的敵隊後衛跑過來。球輕輕彈起，他左腳旋即補上一踢，助球越過對方頭頂。收不住衝力，對方摔倒在地，他趁機壓低身體追上球。觀眾席歡聲雷動，空氣彷彿瞬間炸裂。

球場中央的另一名後衛追在後方。

他左腳擋下球，以釘鞋外側輕輕踢往左邊。後衛連忙移動身體重心，不料他再度舉腳，用力踢往右側。後衛失去平衡，雙膝跪倒。

亢奮的情緒宛如巨浪，在觀眾席上翻騰。

很好，裁判默默想著。

只要他射門成功就沒問題，裁判邊跑邊暗自竊喜。

轉眼間，他抵達球門區的邊角，與守門員對峙。

來自另一側的第三名後衛伸出左腿，舉起右臂，滑了過來。他急忙擋下球，暫停前進，像等待列車通過平交道般看著後衛滑過眼前。接著，他將球輕輕踢向中央，製造適合舉腳射門的距離。

就是現在，快踢！裁判在內心吶喊。這球一定會進。裁判瞄一眼手表，時間相當充裕。

可惜，他沒能順利射門。先前眼睜睜看著球越過頭頂的後衛，拚命追趕過來，朝著球一腳鏟出。球彈向一旁，他也摔倒在草皮上。

他展現變幻莫測的高超運球，來到球門前，卻因後衛不顧一切鏟球功虧一簣。對方顯然已豁出去，動作相當粗暴，但轉瞬之間竟沒碰觸到敵人的腳，漂亮地將球踢到旁邊，實在令人激賞。

這是一次完美的鏟球，裁判看得目瞪口呆。短暫猶豫後，裁判做出抉擇。沒錯，剛剛那記鏟球並未犯規。然而，世上充斥著大大小小的誣陷與冤枉，或許只有神永遠不會誤判。裁判知道自己不是神，過往的人生已證實這一點。於是，裁判吹哨，從口袋掏出牌子。觀眾席傳來震耳欲聾的吶喊，綠色草原如蛇腹蠢蠢蠕動。ＰＫ。

8

本田從廁所回來，坐在沙發上嘆氣道：「其實，我腦袋還有些混亂。」

腦袋混亂的是我們吧，我忍不住想反駁。

「欸，剛剛那封電子郵件，你看到的內容真的不是比賽結果，而是預知未來的信？」

「是的，上頭寫著人名和地址。」本田念出一個人名，總覺得似乎在哪裡聽過，並非罕見的姓名。接著，本田報出一串位於東京的地址，以及日期。

「這就是犯罪者的名字？」我問。

「日期是距今十年後？田中，這恐怕有得等。」三島疑惑地歪著腦袋。「這個人就是凶手？他將在十年後殺害某人？聽起來未免太匪夷所思，實在難以置信。」

「我第一次收到案發日期在十年後的預知信。平常都是一週左右，最長不會超過一個月。對了，信的末尾有數字。」本田說著遞出手機。但在我們眼裡，那只是一封通知足球比賽結果的郵件，沒有任何意義。

「這數字也有含意？」

「通常是一或二，最多不會超過五。」

「這次是多少？」

「一萬。」

「差這麼多？」

「這數字是什麼意思？」我問。

「會不會是距離犯罪發生的天數？」三島推測。

確實有道理，既然發生在十年後，數字當然會大得多。

「不，這是受害者人數。」本田沒看著我或三島，而是望向更遠的地方。

接著，本田繼續解釋。

截至目前爲止，他依照預知信的指示，想盡辦法防止犯罪發生。嚴格來說，那是一種爲了阻止犯罪的犯罪。不過，他並未成功阻止每一起犯罪。有些案發地點太遙遠，實在鞭長莫及。他曾搭新幹線趕往盛岡，也曾搭飛機趕往福岡，但礙於各種不可抗力的因素，不少案子只能選擇放棄。每當遇上無法處理的情況，他會默默祈禱不要出現慘劇，卻總是落空。

「所以，還是有案件如同預知信的內容發生。調查這些案件後，我得到一個結論，就是信裡的數字與受害者數量一致。」本田故作鎮定，語氣像在對上司報告研究成果，旋即摀住臉，拚命壓抑澎湃的情緒。「我總是……」他用力擠出話聲，「總是不斷祈禱，但願什麼都不用做，預知信中的案件也不會發生。但願預知信的內容是假的，但願世界和平。果眞如此，不曉得該有多好。不，即使預告信是眞的，我只希望自己不是孤軍奮戰，就像業務員劃分負責的區域，還有其他人能預防犯罪。不要讓我獨自背負重責大任。」本田緊咬牙關，娓娓道出內心的苦楚，神情十分委靡。

我不知該如何安撫他，嘴巴開開合合，一句話都說不出口。

「所謂的受害者，指的是死者嗎？」我問起細節。

「恐怕是的。其中似乎包含受重傷，過一陣子才不治身亡的人。」

「倘若那數字眞的是受害者數量，怎會多達一萬人？」三島盤起胳膊，「僅憑一人之力，要殺害一萬人可不容易。達成這項壯舉，稱其爲隨機殺人界的伊能忠敬（註）也不爲過。」

三島怎會扯到伊能忠敬，我實在不明白。難不成是認爲凶手的足跡也踏遍全國？

「死亡一萬人，已屬戰爭規模。難以想像那個人能發動戰爭。」我出聲附和。

「不是完全不可能。」本田皺著眉，一臉泫然欲泣，宛如迷路的孩童。「這個人是

註：江戶時期的測量師，耗費十七年遍遊日本各地，畫出「大日本沿海輿地全圖」。

政治家。」他指著手機道。

「咦？」三島神情一僵。

我驚詫得倒抽口氣，彷彿腹部挨了一拳。

「你們沒聽過這個名字嗎？他不久前當上大臣。」

我想起本田剛剛念出的人名。這麼一提，確實和某個政治家同名。三島望著我，斂起下巴道：「田中，就是那個有名的議員吧？」

雖然想抱怨「不要每件事都徵求我的同意」，但情況特殊，我沒空跟他生氣。

「前提是，相信這封電子郵件是正確的。」

乍看本田似乎故意搖晃手機，其實是手微微發顫。他抬起另一隻手想拿穩手機，卻也不住顫抖。「這是否意味著，十年後該名政治家推行的政策，將導致一萬人死亡？」

「怎樣的政策會導致十萬人死亡？」我一時想不出合理的答案。

「我也不清楚。」本田再次摀住臉。「三島老師，我該怎麼辦？」

「我怎麼會知道。」

三島的語氣毫無溫度，我忍不住覷著他的側臉。

「我是不是該設法解決這個政治家？」本田吞吞吐吐。大概是想避開聳動的字眼，他拚命搜索委婉的用詞。

「不用擔心，本田。」三島振振有詞。旁人看來，他的態度並無太大改變，但我認識他多年，明白他的心態已有一百八十度的變化。此時他耐心全失，只想早早結束話題。「沒必要窮緊張，就算信的內容是正確的，也是十年後才會發生。」

「攸關十萬條性命，怎能不緊張？」

「十年能夠改變許多事，人心與政治局勢也會截然不同。今天的執政黨，搞不好會成為明天的在野黨。跟十年後某個日子的天氣一樣，充滿變數。」

然而，本田依舊無法釋懷，慘白著一張臉，焦慮地坐在沙發上。

「對了……」三島語氣一變。

本田抬起頭，好奇三島會說出什麼話。

「該不會你是為了那件事造訪我家？」

「哪件事？」本田愣住。

「就是預知信啊。你是不是收到寫有我們名字的信？不，不是我，是田中吧？別看田中一副老實樣，他心底非常恨分居中的老婆，放著不管，不曉得他會闖出什麼禍。」

「喂，三島！」我不禁懷疑起這傢伙的人格。

「眞的嗎？」本田太過耿直，居然相信三島的玩笑話，嚴肅地盯著我。

「別聽他胡扯。雖然跟老婆分居，我一點都不恨她。當初是我在外頭偷腥，要恨也是她恨我。」

「田中，你沒聽過『惱羞成怒』嗎？」

「聽過，但我沒惱羞成怒。三島，要說惱羞成怒，你也是半斤八兩吧？」我使出渾身解數辯駁，害怕本田突然跳起來，掏出不知藏在哪裡的手槍，秉持「爲民除害」的精神解決我。

此時，本田終於理解三島的言下之意，急忙解釋：「不，絕對沒那回事。我上門拜訪，眞的只是在工作。」

「眞的嗎？」三島流露戲謔的眼神，看著本田。

「眞的嗎？」我帶著一絲企盼。

「是眞的。」

「噯，你當然不會傻傻承認：『沒錯，我就是來消滅大壞蛋田中』。」

本田滿臉通紅，猛搖著頭。

「三島，別調侃他了。」

「田中，我沒調侃他，只是想套出眞話。」

本田回去後，沙發上只剩我和三島。

「你爲何突然對本田失去興趣？」我質問道。

「田中，醒醒吧，那根本是《死亡禁地》（*The Dead Zone*）（註）的劇情。」三島的語氣像在安撫胡鬧過頭的孩童。

「《死亡禁地》？」

「一部電影。只要提及超能力與政治家，任誰都會想到《死亡禁地》。他大概是受到電影影響，才編出那些鬼話。」三島斬釘截鐵地說道，「我對他失去興趣，是因爲察

註：一九八三年上映的驚悚電影，原作爲史蒂芬·金的小說。

覺他在胡扯。」

「你也喜歡這部電影？」我問。

「我從未看過。」三島不假思索地回答，一臉嫌惡。

三島發表過以「擁有特殊能力的人對抗政治家」爲主題的小說，評論家卻批評是《死亡禁地》的翻版，害他耿耿於懷。實在太不甘心，他至今沒看過這部電影，只曉得劇情概要。

「可是，硬把本田的話與電影情節相提並論，會不會有些武斷？」我忍不住抱怨。「他特地跟你商量，你卻這麼敷衍他，恐怕會引起問題。」

「引起什麼問題？」

「他找不到人商量，爲了盡早從煩惱中解脫，或許會襲擊大臣。」

「田中，你未免太杞人憂天。」三島老神在在。「我敢肯定他絕對沒有超能力。何況，就算他擁有超能力，一般人要接近大臣也不容易。」

這麼一想，確實有道理。

「萬一他眞的攻擊大臣，我們別無選擇，只能對警方據實以告。」

三島沒再開口，結束這個話題。

他拿遙控器打開電視，接著操作起另一支遙控器，重新播放影片。

畫面上出現穿藍衣繫黃皮帶，胸口印著專屬標誌的男人。在觀眾的歡呼喝采中，他舉起右手，宛如子彈般飛向天空。

「田中，我想了想……」三島凝視著畫面，「或許他是一種超人。雖然無法在天空飛，也無法反射子彈，仍獨自打擊犯罪。」

「可是我實在想不通，足球比賽結果與預知犯罪有何關聯？」

「田中，你想不通也是難怪。這中間自然存在凡人無法理解的法則。東京紅薑隊的勝利，經過種種要素交錯影響，導引出犯罪訊息，多半是這麼回事吧。」

「憂鬱的超人。」我不禁呢喃。

「是啊。」三島應道，「不過，也可能是爲了推銷保全商品胡謅的故事。」

「像是『近來出現恐怖殺人魔，請安裝我們的居家安全系統』之類？」

「沒錯，不安與恐懼是最棒的業務員。」

9

早上的氣象預報說今天會是陰天，此刻難得放晴。強風吹散積聚的雲層，將雲拉得又寬又薄。太陽探出頭，透入公寓四樓的窗簾縫隙，照在本田毬夫臉上。在客廳睡著的本田毬夫眼皮感受到亮光，頓時醒來。他翻身坐起，盤腿在地上左右張望。他喊一聲「媽媽」，卻得不到回應。最喜歡的玩具車擺在腳邊，他只輕輕瞥一眼。

室內一片安靜，只聽得見自己的聲音。平時一呼喚，母親一定會立刻回應，今天竟無聲無息。本田毬夫站起來，移動尚未完全從睡夢中清醒的雙腿，踏著彆扭的步伐走向廚房。如果母親不在身旁，通常是在廚房。然而，今天廚房沒半點聲響，也不見母親的身影。他沿走廊來到大門口，踮起腳尖，可惜只能勉強碰到門把，根本打不開，一股不安逐漸凝聚在胸腹之間。當然，年幼的本田毬夫不明白這股情緒叫「不安」，只覺得體內有顆黑色小球不停顫動，害他靜不下心。回到客廳，他又喊一聲「媽媽」。窗簾輕輕搖曳，彷彿溫柔懷抱著風般鼓起。注意到窗戶微敞，他不假思索地整個推開。

本田毬夫吃完午飯，總要午睡兩個鐘頭。所以，母親常想「或許能趁機外出購物，做一些平日無法分心做的雜事」。可是，母親又怕出門期間發生意外，不敢真的行動。直到這一天，母親才下定決心，把握時間前往乾洗店。

母親擔心密閉的屋子太悶熱，特意開一小縫窗戶讓空氣流通，希望兒子睡得更香甜。

本田毬夫赤腳踏出陽台。不同於室內，陽台地板有種冰涼的觸感。角落的四個輪胎堆成兩疊。那是冬天用的防滑胎，一樓儲藏室放不下，只好堆在陽台邊。本田毬夫毫不猶豫地走向輪胎，攀爬上去。他雙手放在輪胎上，接著胳臂使力，運用肩膀及肘關節的連動，終於成功。接著，他抓著欄杆，往外眺望。

從四樓俯瞰的景色，並未帶給本田毬夫特別的感觸。連覆滿天空不斷改變形狀的白雲，在本田毬夫眼裡也不過是另一種背景圖案。他只曉得那不是「家裡」，而是「外面」。

本田毬夫努力尋找母親的身影。他探出欄杆，俯視正下方的人行道，發現一些來回移動的小黑點，忽然理解那是人影，於是傾身向前，更仔細地觀察。此時，他看見一個抱著大紙袋的女人，小跑步接近公寓。

本田毬夫立刻認出那是母親。雖然身影和豆子一樣小，根本看不清長相，但根據走路方式、服裝及身爲兒子的直覺，確定那就是母親。

「媽媽……」

本田毬夫嘴裡呢喃，上半身越過欄杆。就在這時，他的身體猛然往前翻倒。頭的重量造成身體傾斜，順勢以欄杆爲中心翻了半圈。本田毬夫的身體依循重力法則，從空中朝地面墜落。若以陽台至地面的距離計算，墜落的時間不到兩秒，他卻覺得無比漫長。

本田毬夫當然無法理解發生什麼事，更不明白路面逐漸迫近的意義，但仍下意識察覺危險。墜落的速度實在太快，刺激神經細胞，他本能地搜尋保住性命的資訊。腦袋裡彷彿響起警報，記憶庫的大門一扇扇開啓。可惜，本田毬夫出生不過三年，儲存的資訊太少，找不到阻止墜勢的知識，只浮現電車進站的景象、卡通人物、父親的斥責與母親的臉龐。驀地，一道風穿過種種回憶，向他低語：「你還有屬於自己的使命。」這句話滲入本田毬夫的腦髓，消失無蹤。接著，他聽到有人在說明：「從那樣，變成這樣。」

墜落的過程中，本田毬夫瞥見母親的雙手摀住臉。

最後，本田毬夫撞上一樣東西。那似乎是某人的胸口。他的腦袋劇烈晃動，眼珠像要彈飛出去。

10

圓形的店內空間，中央的圓形舞台上擺著無人使用的鋼琴，圓桌圍繞四周。這是一家相當氣派的餐廳。

本田毬夫四下尋找保全公司的商標，想確定餐廳是否裝設保全系統。真是職業病，他不禁苦笑。

雖是平日的晚餐時段，但餐廳被包場，除了一名穿高級制服的男服務生，沒其他閒雜人等。本田毬夫與大臣坐在最裡邊的座位，料理已上桌。

本田毬夫不敢直視大臣。儘管在電視與報紙上看過無數次，但真的面對面，才發現跟原本的印象有些不同。

如果沒有這個人，我早就不在世上。本田毬夫暗暗想著，根本沒心思享用服務生送來的冷盤料理。

「您爲什麼要找我？」本田毬夫問。大約五天前，因緣巧合下，本田毬夫造訪最敬愛的作家三島老師住處，收到預知十年後一起重大犯罪的凶手資料，廣島老家的母親突然來電說：「那位大臣想見你一面，我把你的手機號碼告訴他喔。你終於有機會見到救命恩人了。」接到平日幾乎不聯絡的母親電話，本田毬夫沒有想像中厭煩，反倒意外開心。只是，大臣主動要求見面，實在有些匪夷所思，本田毬夫不禁懷疑是一種新的詐騙手法。

不過，本田毬夫很快就決定答應。

在這節骨眼，突然有機會見到大臣，或許冥冥中自有安排。

在三島家看到預知信，本田毬夫立刻明白指的就是大臣。二十七年前，接住從四樓陽台墜落的他的大臣。霎時，本田毬夫寒毛直豎。

難道我得親手殺死大臣？

「其實我一直惦記著你。」大臣溫柔地微笑。「接住墜樓的幼兒，這輩子只有那麼一次經驗，所以我總是念念不忘。」

本田毬夫點點頭，叉起蔬菜送進嘴裡。他的腦袋一片空白，根本不曉得那是什麼菜，更別提顏色與滋味。

「我對您並不陌生。」本田毬夫率直道：「父母常錄下電視節目，或剪下報紙上的新聞。」

雙親不斷提醒本田毬夫「這是你的救命恩人」。經年累月下來，母親描述的獲救過程一次比一次誇張，不時加油添醋，變得更驚險刺激。

大臣露出虛弱而靦腆的笑容，低頭擱下餐刀。本田毬夫看著刀尖，一顆心七上八下，猶豫著該不該立刻抓起那把刀捅向大臣。

「其實，我有今天的地位，全多虧你。」

「多虧我？」

「救了你後，我的知名度扶搖直上。當時我只是個新科議員，而且所屬政黨正在走下坡。多虧你，我才能連選連任。雖然折斷手臂，但比起豐碩的收穫，實在是微不足道。」

「不，應當是我道謝。幸好有您，我才能活到今天。」

大臣瞇起雙眼，邊看著服務生收拾餐盤，邊說：「前陣子，我突然想見你一面。」

「爲什麼？」

「沒有特別的理由，只是在居酒屋裡，倏地浮現這樣的念頭……啊，差不多該跟你見個面了。」

聽到「居酒屋」，本田毬夫忽然想起，前幾天有篇週刊報導揶揄：「爲了展現親民的一面，大臣刻意跑到居酒屋，卻被一個醉醺醺的年輕人纏上，看起來一點也不開心。」

當時旁邊有個男人偷偷拍下照片，指稱：「大臣帶著酒意，大喊『只有戰爭才能拯救走投無路的資本主義』。」本田毬夫半信半疑地看完報導，「戰爭」兩字卻深深烙印在心裡。倘若十年後，大臣會引發導致一萬人死亡的事件，確實也算是一場小規模的戰爭。

本田毬夫覷向身旁的背包。

原本擔心門口會有人搜身及檢查背包，事後證明他太多慮。服務生要接過背包，他婉拒也沒引來懷疑。

「搞不好有記者在偷窺。」本田毬夫環視無人的店內。「您私下跟我見面，想必能寫成一篇有趣的報導。」

「雖然對你很抱歉，但那也沒辦法。反正我們沒做虧心事，要怎麼寫是他們的自由。人們只相信自己願意相信的事物。天空總是藍的，大海總是寬廣的，政治家總是要挨罵。膽小會傳染，男人會偷腥。」大臣搖頭晃腦地說著，看不出有幾分認眞。接著，大臣笑了起來：「不過你別擔心，這裡眞的沒人。」

「搞不好有竊聽器。」本田毬夫的語氣略帶嚴肅。

「店外可能有人把耳朵貼在牆上。」大臣開玩笑道。

本田毬夫腦海冒出一個人躲在牆外窺探的畫面。

服務生送來湯。綠色的湯在容器裡宛如大海，浮在上頭的鮮奶油像是不斷改變形狀的港灣。

「不久前，我看了一部卓別林的電影。」本田毬夫急著找話題，沒來由地脫口而出。「電影裡有這麼一句台詞：『單獨來瞧，每個人都是好人，聚集在一起卻變成無頭怪物』。」

本田毬夫眼前出現一幕景象。大臣搖晃旗幟，一群人跟著吶喊，不斷往前推進。那可能是一群凶惡的暴徒，也可能是一個背負使命的組織。

本田毬夫提醒自己得專注於餐點，抓著叉子的手不知不覺太用力，另一手必須一根根扳開指頭，才能放下叉子。他過度緊張，渾身僵硬。

倘若嬰兒時期的希特勒出現在眼前，該怎麼辦？

本田毬夫暗暗自問。

現下面臨的抉擇，跟這種情況有些類似。

他有辦法奪走如天使般純眞無邪的嬰兒性命嗎？那會是正確的嗎？

相信電子郵件的訊息而殺人，是否已鑄下大錯？到頭來，他會不會只是一個罪犯？

「二十七年來……」大臣低喃：「爲了不讓你失望，不讓你認爲『原來救我的是這樣的男人』，我付出無數心血。」大臣笑得像個孩子。「我眞的得感謝你。多虧你，我才能腳踏實地，盡力做好政治家的本分。」

「您不是腳踏實地的人嗎？」

「坦白告訴你，我現在遇上一個難題。」

「健康上的問題嗎？」政治家的煩惱多半與健康有關，本田毬夫單純地想著。

突然，背包中的手機響起。本田毬夫嚇一跳，手伸進背包。腦袋冒出一道聲音：掏出手槍吧！巨大的力量在暗示你時機已成熟！

本田毬夫沒採取行動，瞥手機螢幕一眼，原來是公司來電。他鬆口氣，說道：「我想接個電話。」

「請隨意。沒其他客人，在這裡接聽也無妨。」

本田毬夫搖搖頭，站起身。「抱歉，大概不是幾句話就能打發，我還是去外面吧。」本田毬夫行一禮，帶著手機快步走向門口。

公司約莫只是想確認業績，沒什麼說不完的要緊事。本田毬夫打算到外頭吹吹風，舒緩緊張情緒，重新整理混亂的腦袋。

向站在出入口旁的女服務生點頭致意後，本田毬夫打開沉重的門，走到餐廳外，一陣風輕輕吹來。這一帶並非鬧區，卻聚集不少高級餐廳與大飯店。

正前方是歷史悠久的旅館。黑夜裡，古色古香的牆壁仍散發威嚴與肅穆的氛圍。

本田毬夫背過身靠著牆，按下通話鍵。

不出所料，公司方面沒什麼大事。簡單交代兩、三句後，本田毬夫把手機塞進後褲袋。他轉過頭，想深呼吸放鬆心情時，眼前出現一群陌生男子。

他們全穿西裝、打領帶，卻不像正派人士，顯然是利用整齊畫一的服裝抹除個人特質，掩蓋野蠻與暴力的氣息。

一名男子猛然掐住本田毬夫的脖子舉起，他頓時感到呼吸困難。眼前的西裝男子頭髮分得整整齊齊，手勁愈來愈大。本田痛苦得腦袋一片空白，呼吸也變得紊亂。接著，有根類似管子的東西抵在肚子上。那是一把槍。男子持槍管用力壓迫本田腹部，像是生殖器官抵在身上，本田內心湧起一股厭惡。

「大臣在裡面吧？」西裝男之一低問，在漆黑潮濕的夜裡聽來卻異常響亮。

本田毬夫沒回答。一方面是脖子遭勒住，另一方面是不明白這些危險分子的企圖，不敢輕易開口。唯一能確定的是，對方絕不是要跟大臣友好對談或陳情，個個持有武器，殺氣騰騰。受到劍拔弩張的氣氛刺激，本田的心跳愈來愈快。

「乾脆尾隨他進去，如何？」

其中一人出聲。不，提出類似意見的或許有好幾人。本田毬夫不斷掙扎，叫苦連連。保全公司業務員一時大意，遭暴力集團耍弄，堪稱勸戒世人謹慎行事的最佳案例。

後腦挨了一拳，眼前金星直冒，本田毬夫雙腿一軟，跪倒在地。西裝男又往背上補一腳，本田頓時四肢攤平。

他們似乎打算先給本田毬夫吃足苦頭，削弱他反抗的體力與意志力，好拿他當盾牌闖入餐廳。本田窩囊地趴倒，西裝男的腳不斷往他身上招呼。一陣混亂中，某人的鞋尖狠狠踹中本田腰際，他痛苦呻吟，嘴裡流出黏稠的唾液，根本無法呼吸。他不停作嘔，胃裡劇烈翻騰，再承受幾腳，剛剛吃的料理恐怕會全吐出來。他緊咬牙關，恐懼與自卑彷彿從每一吋皮膚噴發。

本田毬夫貼著地面，睜眼一瞧，西裝男的皮鞋就在眼前。

「歡迎來看好戲，我準備狠狠踩他的頭，估計會斷幾顆門牙。」

男子像街頭藝人般吆喝，流露嗜虐的興奮之情。本田毬夫渾身起雞皮疙瘩，牙齒和鼻子撞擊堅硬的地面，那種疼痛恐怕難以想像。「饒了我吧。」本田苦苦哀求，對方卻無動於衷。

「啊，你說什麼？」

「請饒了我吧。」

「嗯？講清楚點。」西裝男呵呵笑個不停。

驀地，一陣狂風大作，不知何處傳來聲響。

眼前的皮鞋消失。不，不僅是皮鞋，連穿皮鞋的男子也被強風捲走，只留下哀號。

怎麼回事？本田毬夫還在發愣，另一個西裝男也發出慘叫，隨著風聲消失無蹤。

本田毬夫趴在地上，看不見背後的情況。

某樣東西從天而降。或許是一頭有著巨大尖喙的怪鳥，伴隨撕裂空氣的風聲，以銳利的角度滑翔，將西裝男一個個啄起扔出去。

本田的呼吸逐漸恢復平靜。

周圍再也感受不到西裝男的氣息。

本田戰戰兢兢起身，強忍腰腹的痛楚環顧四周，西裝男消失得一個都不剩。

唰！唰！本田又聽見快速攪拌空氣的聲響，連忙左右張望。只見對面旅館的入口旋轉門正在轉動，速度快得令人咋舌，簡直像直升機的螺旋槳。

到底是誰以驚人的速度旋轉那道門？目瞪口呆的本田抬起頭，漆黑的夜空沒有一絲雲，單薄的彎月彷彿一根香蕉。

在作家三島住處觀賞的電影畫面，掠過本田腦海。一個披著斗篷的男人，救起從直升機上墜落的女人。

驀地，本田察覺耳邊似乎有動靜，大吃一驚，差點沒喊出聲。不知何時，身旁多了一個人。眼角餘光瞥見搖曳的紅布，但本田不敢轉頭。他害怕一轉頭，就必須承認對方的存在，踏上沒有退路的單行道。

「你也在對抗邪惡嗎？」身旁的男人開口，藍色衣服不時映入本田眼簾。

「咦？」

「幹我們這行眞不輕鬆。」

本田一時不知該如何回答。忽然間，周圍的空氣變輕，他曉得男人已離開。

本田忍不住揉揉眼睛。

接著，他抬起臉，以爲會看見一道穿藍衣披紅斗篷的身影豪邁飛離。然而，不管怎麼找，就是找不到。下一瞬間，本田流下淚水，藍衣男人實在太瀟灑、太帥氣了。

11

店內一片寂靜。設置在中央舞台上的黑色高級鋼琴宛如一頭四足動物，監視著被包場的餐廳。我看見本田毬夫揉著眼睛，自門口緩緩走近最深處的桌位。一個穿西裝的男人坐在那裡，正是大臣。「公司來電？問題解決了嗎？」大臣溫柔地迎接本田毬夫回座。

「解決了。」本田毬夫回答。他的雙眸通紅，藉口是沙子跑進去，不停揉著。明明才遭暴徒襲擊，此刻卻已勉強恢復平靜。

「你回來得正好，主餐剛送上桌。」大臣指著盤子。

本田毬夫將餐巾塞進領口，桌上的手機震動一下，似乎是收到新郵件。他向大臣致歉，操作起手機。

只見他的神情一變。

「怎麼啦？」把湯喝得乾乾淨淨的大臣問道。

「沒什麼……」本田毬夫回答後，深深吐出一口氣。那似乎不是嘆氣，感覺像是放下心中大石。

「方便讀一下這封信嗎？」本田遞出手機，「是足球比賽的結果。」

大臣拿餐巾擦拭嘴角，接過手機。「咦，踢假球嗎？」

我聚精會神地偷看，只見標題寫著「上一輪比賽判定無效」。

我接著閱讀內文。

職業足球聯盟的數名裁判涉嫌簽賭。一名裁判坦承在上一輪東京紅薑隊的比賽中，故意給另一隊ＰＫ機會。經開會決議，聯盟宣布該比賽結果不具效力。

「啊啊……」本田毬夫發出呻吟，吐出的氣息不斷顫動，鼻孔翕張。「請問是怎樣的內容？」

「你不也看過？」

「我看到的內容不太一樣。是通知傳錯消息嗎？」

「不是傳錯消息，是爆出踢假球的醜聞。」

「對我來說，這就是傳錯消息。」本田毬夫的嘴角微微上揚。「其實，我曾接到一個情報，說是將來您會犯下重大過失。」

「喂喂，你在講什麼？」

「不過，那是錯誤的情報。」本田毬夫猶如洩氣的皮球，癱倒在椅子上。比賽的結果改變，預知恐怖罪行的信件內容也會跟著改變，就是這麼回事吧。「信裡寫著大臣的案子只是誤報。」

「我聽得迷迷糊糊，你不要緊吧？」大臣關心道。

本田毬夫眼角浮現淚光，但他本人沒察覺。掩不住的笑意，阻止即將泉湧而出的淚水。

「看你的樣子，似乎是解決一樁心事？」大臣問。

「至少目前是解決了。」

沒錯，至少目前是如此。

但未來可就難講。

本田毬夫看著服務生俐落地送上餐點，幾不可聞地低喃：「話說回來，那裁判真了不起。」

「了不起？你是指哪個裁判？」
「涉嫌簽賭的那個裁判。」
「涉嫌簽賭，怎麼會了不起？」
「不是其中一人承認作弊，戳破案子嗎？不久前，有個人告訴我，要承認自己的錯誤是最困難的。」
大臣目不轉睛地凝視本田毬夫。
「對方還說，只有不願改正的錯誤，才稱得上是錯誤。」
大臣沉默半晌，開口：「原來如此。或許有些事情，得從承認錯誤做起。」
「不是『或許』，任何事情都得從承認錯誤做起。」
聽到本田毬振振有詞，我忍不住附和：「說得好。」
接著，餐廳裡的大臣也讚道：「說得好。」
我往後退，浮現在牆上、宛如放大鏡般的圓形區域逐漸縮小，餐廳裡的景象與對話消失無蹤。我吐出一口氣，背後突然響起話聲：「喂，你躲在餐廳牆邊幹嘛？」轉頭一看，一個穿西裝的男子醉得滿臉通紅，口齒不清地質問：「該不會在隨地小便吧？」

我沒回答，低頭望向腳邊。一隻黑褐色的貓坐在地上，發出純真的鳴叫。

抬起臉，感覺不出遠近的漆黑夜空在眼前擴展。我舉起右手，想像飛上天的景象。這一瞬間，我的雙腳離開地面。

裝設在餐廳外側牆角的攝影機，捕捉到男人突然消失在空中的畫面。現場只留下一隻貓和一個醉茫茫的男子。過一會兒，連貓也消失不見。

密使

僕（註）

一切得從預購掌上型遊戲機講起。廠商公布當月十號開放網路預購，前一天深夜我便坐在筆電前嚴陣以待。那時大學生活已過半年，我逐漸習慣獨居。每天過得懶懶散散，唯一的煩惱是「不曉得能不能順利訂到遊戲機」。世上要找到這麼幸福的人恐怕不容易。

廠商並未宣布從十日幾點開放預購，但網路上謠傳「一進入十日，零售店的網站預購系統就會開放」。因此，我決定從九日的深夜十二點便加入競爭行列。

那天不巧得參加一場聯誼會，對象是一些讀短大的女孩。背負著趕回家預購的使命，喝完第一攤我便準備離開。「三上，這麼早就要回家?還有第二攤耶。我原本期待你會說出高中體操社的那件趣事，把她們逗得哈哈笑。」

他口中的那件趣事，指的是我讀高中時參加體操社，爲了含住自己的生殖器官不斷嘗試各種姿勢，陰錯陽差學會後空翻。當然，這是我杜撰的笑話，每次喝酒，我總會拿來炒熱氣氛。不過，這天我非走不可，只得謊稱身體不舒服，向眾人道歉。「喂，三上，祝你早日康復。」召集人裝模作樣地說著，並伸出右手，彷彿想強調我們的友情有多深厚。於是，我握住他的手，女孩們全笑了起來。其他男生或許覺得有趣，也紛紛跟我握手。我就在眾人的目送下轉身離開，趕回家上網預購遊戲機。

我打開電腦，連結訂購系統的網頁，並在旁邊放一個電子鐘。不僅如此，我早利用手機打至報時台，將電子鐘調整到分秒不差，打算凌晨零點整，不，嚴格來說是凌晨零點的數秒前，就登入訂購系統。假如出現預訂按鍵，便立刻填資料發送。這一連串動作，包含操作滑鼠，及快速輸入姓名和地址，我練習過好幾次。爲了縮短時間，我甚至考慮過以Ctrl鍵直接複製貼上。

時間逐漸接近凌晨零點。我凝視著螢幕，邊覺得爲這種事心跳加速實在有些窩囊。我瞥向電子鐘，一秒一秒倒數。只差一秒就要進入十日的瞬間，我猛力按下鍵盤。

然而，畫面毫無反應。

註：原文以「僕」跟「私」代表主角不同，但翻成中文都是「我」，爲了有所區隔，保留原文。

難不成電腦在緊要關頭故障？還是全國太多人同時湧入網站，伺服器不堪負荷？

我一頭霧水，搞不清狀況。

直到發現電子鐘停在「23:59」，我才察覺事態似乎不單純。

該不會連電子鐘都壞掉？望向牆上的掛鐘，指針一樣停在邁入凌晨零點的瞬間。我心想，不如開電視看看吧。可惜剛找到遙控器，電子鐘便顯示已超過凌晨零點，電腦螢幕出現訂購系統的介面，連掛鐘的秒針也正常行走。於是，我在預購競賽中嘗到敗北的滋味。當時我根本不曉得網路上流傳著一種免費軟體，短短數秒便能登進各種網路訂購系統，自動替你完成訂購。

私

「從那樣，變成這樣。」眼前的青木豊計測技師長說。我想起某減肥商品的廣告，並排的照片一張是充滿贅肉的腰腹，另一張是纖細苗條的腰腹。類似的廣告多不勝數，標語通常是「從那樣，變成這樣」，言下之意，當然是在強調「還是瘦一點比較好」。

青木豊計測技師長想表達的事情，恐怕也是大同小異，他約莫在暗示：「還是這邊比較好吧？」

前幾天看到的減肥商品廣告，標語是這樣的：「我們擁有特殊技術，比你過去所知的做法更簡單有效。」

這場對談始於二十分鐘前。

我與青木豊計測技師長面對面，坐在格局方方正正，像骰子內部的白色房間裡。青木豊計測技師長已五十幾歲，白髮卻不多。或許是頭髮側分整齊，加上穿西裝，看起來一點也不像研究人員。不過，擁有一定程度權限的管理階層，難免會有事務性的工作，這副打扮倒稱不上格格不入，我如此說服自己。

「相信您一定聽過時間悖論的概念。」他率先開口。儘管我們相差近二十歲，他講話卻非常客氣，以謙卑來形容也不爲過。我坐在豪華皮革沙發上，感覺相當舒適。

「啊，我聽過。」我回答。「像是回到過去殺害生產前的母親，對吧？母親死掉，自己也不可能存在，那自己又是怎麼冒出來的？類似這樣的矛盾，對吧？」

「沒錯、沒錯，您知道得眞清楚。」他大加稱讚，我有些洋洋得意。「那您知道該怎麼做，才不會造成矛盾的現象嗎？」

「從前看過一部電影，劇情的設定是回到過去時，不能做出會引發矛盾的行動，例如殺害親生母親。」

「是的，但如今我們知道這樣的觀念並不正確。」他的語氣不像在解釋最新學說，倒像在宣布自身的宗教信仰。「舉個例子，假設您存在的世界是Ａ，然後您參加時光旅行，回到過去。」

「假設我回到過去？」

「然後，您保護女友避開意外事故。」

「抱歉，我沒有女友。」我低頭苦笑。

「這我曉得，只是舉個例子。」青木的表情毫無變化，接著加強語氣道：「假設在Ａ世界，您有個美麗賢慧的女友，十年前車禍過世。」

「原來如此。你的意思是，我回到過去阻止那場車禍？」我已猜到青木想表達的重點。

「如果您這麼做，會導致怎樣的結果？答案是將進入另一個全新的世界。」
「全新的世界？」
「假設您的女友得以存活的世界是A′。一旦您回到過去成功拯救女友，就會進入A′的世界。」
「那我會變成什麼狀態？」
「或許聽來有些複雜，總之在當時的那個世界裡，並存著從A世界回來救女友的您，及原本就活在A′世界且年輕十歲的您。」
「要是我再度進行時光旅行返回『現在』，又會如何？」
「『現在』依然是A世界。您是A世界的人，只能返回A世界。在這個世界裡，您的女友並未重獲生命。」
我有些糊塗，歪著腦袋問：「呃，你的意思是，不管我在過去做任何事，都會產生另一個A′的世界？」
「不太正確。分歧點原本就存在，A′只是該時點分支出來的世界。」
「在我回到過去之前，分歧點便已存在？」

「您把時間當成從過去到未來的一條直線，才會一時會意不過來。事實上，我們可以這麼想：過去、現在及未來早已存在。好比一條公路，途中有各種岔路或十字路口。您開著車子，可在任何一處轉入另一條道路。那些岔路都是規畫好的，並非在您轉方向盤、踩油門的瞬間突然出現。」

「在哪裡？所謂的岔路在哪裡？」明知很愚蠢，我仍忍不住左右張望，尋找標示岔路的旗幟。「此時我搔癢或不搔癢，也會讓世界進入不同的分歧點嗎？」

「依我們目前的理解，人類的姿勢或各種微小動作不會造成分歧，否則世界會塞滿像程式設計中的if、switch、else、case等條件判斷語句。不過，到底要多大的事件才會引發分歧，尚無法確切掌握。我們知道世界有著分歧點，也知道分歧的結構，卻無法解釋背後的運作機制。如同物理學家費曼（註）的名言：『研究物理學，就像藉由觀察西洋棋比賽，歸納出西洋棋規則』。我們只能透過觀察，嘗試找出法則，畢竟沒有指南手冊可參考。」

我目不轉睛地注視青木豊計測技師長。

他毫不在乎地繼續道：「相信您一定知道，同時存在A、A′、A″……等各種世界的概念，來自描述微觀物質行爲的量子力學理論。」

「我不知道。」

「相信您一定知道，電子平常是以波的形式同時存在於許多地方，但在我們觀測的瞬間會停在一個點上，變成顆粒的形狀。」

我有種被當成無知文盲的屈辱感，模稜兩可地回答：「以前好像知道，現在好像不知道。」

「這樣的現象，在微觀世界是可以成立的。在我們的世界裡，某個電子存在於某個位置，但在另一個世界，這個電子存在於完全不同的位置。受到觀測前，電子可同時存在於各種不同的世界，此即爲量子力學對電子的解釋。您不妨當成是許許多多的平行世界。」

「我知道平行世界。」聽到熟悉的字眼，我不禁鬆口氣。只是，在我的觀念裡，平行世界是電影和漫畫的產物。

註：理察・費曼（Richard Phillips Feynman，一九一八～一九八八），美國物理學家，諾貝爾獎得主。

「時間軸上有著許多分歧點，各自通往不同的世界。講到這裡，相信您已能夠理解。接下來，是最重要的關鍵。」

那是什麼呢？我有股想做筆記的衝動。

「如今坐在這裡的您，只是存在於A世界的您，並非存在於A′世界的您。」

我聽得似懂非懂，迷迷糊糊地點頭。

僕

我第二次察覺不對勁，是在一星期後。經濟學課的教授臨時請假，我與幾個朋友決定利用空檔踢足球。我們湊到十個人左右，設法弄到足球，來到教室後方不遠處的河堤，分成兩隊，你來我往踢了一陣，最後以同分收場。我太久沒運動，喘得上氣不接下氣，其他人也沒好到哪裡去，全累得說不出話。待呼吸和緩，我們半開玩笑、半認真地互相握手，宣示彼此的友誼，笑著說這眞是一場好比賽。

然而，那天晚上又發生怪事。我看著租來的ＤＶＤ，劇情敘述可怕的黑道組織盯上一名扒手，將他的技術運用在不好的地方。進入後半段的槍擊戰之際，時間來到凌晨零點，畫面突然靜止。我以爲是ＤＶＤ播放器故障，錯愕地胡亂操作遙控器。

接著，我瞥向牆上的掛鐘。沒特別的理由，只是突然有些在意。指針停在即將跨過凌晨零點的五十九秒上。這種情況似曾相識，仔細回想，我終於憶起預購遊戲機的狀況。

剎那間，腦袋掠過一個想法。

難不成一接近凌晨零點，所有電子儀器都會出問題，連使用電池的時鐘也不例外嗎？

當時，我不認爲有隱瞞的必要，隔天便原原本本地告訴朋友，他們還算有興趣。所謂「還算」，是指這件事打開我們的話匣子，讓我們聊了三十分鐘左右。有人說是騷靈現象，有人說是電磁波干擾，也有人抱怨這年頭的電子產品不耐用。大夥七嘴八舌，卻歸納不出一個結論，唯一可行的提案只有「今晚再試一次看看」。

連續兩晚看同一部電影實在沒意思，不過做同樣的事情，或許會引發同樣的現象。

由於我的個性耿直，又沒其他事要忙，便老老實實重看同一片ＤＶＤ。這部電影連看兩晚居然樂趣不減，可惜並未發生和前一天同樣的狀況。

面對這種程度的挫折，我既不感到沮喪，也不覺得白費力氣。我只是想著，昨天大概是機器不巧故障吧。

接下來，我整整耗費一年，終於掌握此一現象的法則。花一整年來理解一個現象，說不上算快還是慢，總之我實在懶得將這一年中的大小體驗交代清楚。

直接跳到結論吧。

其實，線索就藏在我剛剛提出的兩個例子裡。發生詭異現象的那兩天，有一個共通點。

沒錯，就是握手。

只要我跟別人握手，「那個現象」就會發生。

但「那個現象」的本質到底是什麼？

我的好奇心愈來愈強，經過多次實驗，得到的結論是「時間暫停」。這個答案稱不上錯誤，乍看十分合理，卻沒切中「那個現象」的本質。

好比「感冒是百病之源」這句俗語，雖然不正確，卻稱不上錯誤。絕大部分疾病的初期症狀都和感冒很像，我們能提醒別人「感冒症狀或許是其他疾病的前兆」，但不能斷言「所有疾病皆是感冒惡化引起」。所以，「感冒是百病之源」聽來合理，嚴格地講並不正確。掌握現象，卻沒掌握本質。

相同的道理，「時間暫停」的結論沒切中核心。

我只是在一天即將結束的那一刻，將當天累積的時間花掉。

像是用白天撿到的零錢買果汁，或是在凌晨零點前花光一天的積蓄。

問題是，這些時間是從哪裡蒐集來的？

路上撿到的零錢，原本屬於別人，我獲得的「時間」也是他人之物。跟扒手竊取錢包一樣，只要和某人握手，我就能偷走對方當天的六秒，神不知鬼不覺。

私

青木豐計測技師長滔滔不絕，臉上看不出一絲興奮，也看不出一絲疲倦，簡直像具備說明功能的人造機器。

「假設世界A陷入糟糕的狀態。」

「糟糕的狀態？例如有種不怕抗生素的細菌蔓延？」我試著舉例。

「您的想像力非常豐富。」青木豊計測技師長深深點頭。

總覺得他是在調侃我了無新意，我略感羞愧。

「假設您爲了阻止細菌蔓延，回到過去。」

「我？」

「然後，您在過去某時間點上發揮某種影響力，改變歷史。」

某種影響力？如此曖昧籠統的措詞，害我差點笑出來，但我仍點點頭。

「您成功防止細菌孳生，改變世界，帶來和平。嗯，您也許會覺得『和平』、『幸福』這類字眼有些矯情做作，總之您順利挽救細菌蔓延的危機。」

「從此以後，大夥便過著幸福快樂的日子？」

「請仔細想想，沒有細菌蔓延的世界並非A，而是進入分歧的A′。您置身的世界A並未解除危機。您的這番舉動，只是回到過去親眼證實世界A′的存在。」

「不怕抗生素的細菌依然在A世界蔓延？」

「沒錯。所以，想要拯救自己，不是推動世界進入分歧點，而是在您生活的A世界遏阻細菌蔓延。」

我恍然大悟。原來如此，確實有道理。「不過，這辦得到嗎？一旦過去發生變化，世界就會進入分歧點，不是嗎？」

「盡量不造成矛盾，就有可能。剛剛提到的平行世界，是爲了解決時間悖論的問題而存在。反過來說，只要不引發時間悖論的現象，便能在維持現今世界的狀態下改變歷史。您不這麼認爲嗎？」

「我有點無法理解。」我皺起眉，小心翼翼地問：「假設我回到過去，讓『細菌蔓延的世界』變成『沒有細菌蔓延的世界』，這樣的矛盾還不夠大嗎？」

「這只是改變，並非矛盾。這樣的改變不會造成邏輯上的錯誤。」

他說得頭頭是道，我不知如何反應。所謂的「分歧」，與「單純的變化」，究竟該怎麼區別？

青木豊計測技師長察覺我的困惑，補充道：「當然，妄想在短時間內影響歷史，是沒有意義的。舉個例子，假設我們搭上開往新瀉的新幹線，卻忽然要求車掌開往盛岡，車掌肯定會回答『請改搭開往盛岡的電車』。換句話說，世界會選擇進入分歧的路線。但如果我們循序漸進，慢慢改變軌道角度，朝盛岡的方向彎曲，就能讓原本開往新潟的電車抵達盛岡。」

我的心情像在領受老師的諄諄教誨。「逐漸改變歷史趨勢，讓過去到未來慢慢產生變化，眞有可能實現嗎？」

「跟玩骨牌一樣。只要些許力量，骨牌就會一張推倒一張，最後達成目的。」

「你們有辦法模擬計算出最後的結果？」

青木緩緩點頭，接著環顧四周道：「這就是本機構在做的事情。」

這裡是千葉縣市川市，某座可望見遊樂園及大飯店的物流倉庫地底。數十分鐘前，我走進上頭的三層白色建築，搭電梯來到地下。門一開，隨即與兩名警衛打照面。電梯間相當狹小，四周是白牆，前方連結一條走道。一看便知，走道深處就是機構內部。安全檢查步驟頗爲繁瑣，要先接受警衛以金屬探測器檢查隨身物品，再出示識別卡，然後輸入密碼，進行指紋和聲音辨識。

「這些檢查沒過關會怎樣？」我滿心好奇地問。

「前方走道的門會封閉，後頭的電梯也無法開啓，形成密閉空間。接著牆上的孔會噴出麻痺瓦斯，讓來訪者動彈不得。」

「那不是連警衛也會遭殃？」

「他們會事先吃下解毒劑。」

我聽得半信半疑，但沒多問。既然他這麼說，就當是這樣吧。

「以前曾有送貨員誤闖進來，嘗到麻痺瓦斯的苦頭。」青木邊說邊笑，我實在不曉得哪裡好笑。

「送貨員怎會跑到這種地方？」

「因爲上頭是某購物網的囤貨倉庫。」

青木應道。我不敢肯定他是不是在回答問題。

「不管買什麼都是當天送達，眞方便。不過，即使是那些送貨員，頂多到這邊的電梯間就不能再前進。」

安全檢查結束，前方的門自動開啓，我們踏進長長的走道。這是一條細長的白色走道，寬度只容兩個人勉強擦身而過。打開最裡頭的一扇門，就是我現在身處的房間。

「這機構很大嗎？」

「範圍涵蓋市川市和船橋市，直達江戶川區的荒川附近。當然，我指的是地底下。」

「這麼大？」我實在難以想像地底下會有如此大規模的機構。「裡面是什麼？難不成是一大堆像這樣的房間？」

「大部分的空間都是擺放計算用的電腦，此外還住著相當多的計測技師。」

我沒詢問計測技師的人數，反正一定多得嚇人。

「你們在這裡計算時間的流向與世界的分歧點？」再怎麼遲鈍，我也早就察覺剛剛那些時間悖論、時光旅行之類天馬行空的話題，跟這機構的內幕密切相關。

青木點點頭，他幾乎不眨眼睛。「沒錯，我們在這裡計算各種分歧點，並且觀察世界A與A′、A″之間的差異。」

「真有可能辦到那種事嗎？」

「多虧螞蟻的費洛蒙。」

青木豊計測技師長輕描淡寫地吐出莫名其妙的專業名詞，我又一陣心慌。

在偷來的錢包裡看見大把鈔票，真正的扒手一定會開心地全部抽走吧。但我的狀況有些不同，只能從一個人身上取走一定量的時間。不管握手的時間多長，最高限度是竊取六秒。

經過數次嘗試與實驗，我終於歸納出「時間扒手」法則。起初，我只曉得「握手就能停止時間」。換句話說，僅僅掌握現象，卻沒找出背後代表的意義。後來，我發現「時間停止的長短會因握手人數改變」。不過，在此一階段，我還未理解這些時間是「從他人身上偷來的」。直到快厭倦這次的個人研究，我才得到結論：「跟我握手的人，翌日凌晨零點前會失去一些時間，而我會得到一些時間。換個說法，就是時間被我偷走」。

有一次，我跟同學在居酒屋胡鬧。看時間接近凌晨零點，我忽然靈機一動，決定借酒裝瘋。我打斷七嘴八舌的的對話，開始向眾人道謝，並逐一握手。在場共有十人，我成功與七人握手。當時我已知每與一人握手可獲得六秒，暗自盤算，加總共四十二秒。

我不時偷瞄手表，等待凌晨零點到來。四十二秒能做的事相當有限，最多就是把朋友放在小盤子的炸雞吃掉。

一如預期，周圍的朋友全停止動作。正當我舉筷準備吃掉炸雞時，一個剛剛去廁所的朋友走回來，揉著眼睛問：「咦，大家怎麼啦？」

爲何他的時間沒停止？我對自己歸納出的法則很有自信，遇到這種狀況，當下錯愕不已。「啊？」我有些慌亂，但就在這時，那朋友也停止動作。

我一顆心七上八下，開始計時。數到大約四十二秒，所有人都動了起來。

苦思數日，最後得到一個結論。凡是跟我握過手的人，在接近凌晨零點時會有六秒動彈不得。我這才明白，原來並非「握手一次能暫停六秒」，而是「握手一次能從對方身上奪走六秒」。自廁所回來的朋友還能動，是因爲沒跟我握手，本身時間並未減少。

理解這一點的同時，我告誡自己必須更謹慎。任何人與我握手後，在凌晨零點前都會停止動作，如果像「居酒屋事件」一樣遭人撞見，可能會引起懷疑。況且，老是與同一人握手，最後可能會傳出「那個人在接近凌晨零點時會全身僵硬」之類的謠言。因此，往後我盡量不與同一人握手，就算要握手，也會挑對方在凌晨零點不會外出的日子。

於是，我開始尋覓新的握手對象。

又過一陣子，我的研究進入新的階段。

那就是「該如何善加運用竊取時間的能力」。

但我很快便評估完畢。

這能力幹不出什麼驚天動地的大事。

私

「您知道關於『阿根廷蟻』的實驗嗎？」

面對青木豊計測技師長的「您知道」攻勢，我已逐漸接受自身的無知。「阿根廷蟻？」

「這種螞蟻尋找食物時，腹部會分泌費洛蒙，只要離開巢穴，就會沿路留下氣味。

其他螞蟻追蹤費洛蒙的氣味，便能抵達相同的目的地。現在假設有兩隻螞蟻，依循不同路徑找到相同食物。」

青木豊計測技師長以電子筆在牆上的螢幕畫兩個小圓。「左邊是螞蟻巢穴，右邊是食物。」他邊解釋，又畫了連接兩個小圓的兩條線，一條是最短距離的直線，另一條則繞一大圈。

「像這樣，走直線的螞蟻會比繞遠路的螞蟻更快回到巢穴。加上去程與回程都走同一條路，費洛蒙等於塗了兩層，味道當然較濃。」

「原來如此。」

「其他螞蟻離開巢穴後會選擇費洛蒙氣味較濃的路線前進，而那剛好是最短路線。於是，沿途的費洛蒙氣味會變得更濃，下一批螞蟻自然會跟在後頭，形成隊伍。」

「原來如此，並非找出最短路線的螞蟻將訊息告訴其他螞蟻。」

「以結果來看，螞蟻確實成群結隊走在最短路線上，但這不是經過計算或判斷的決定。螞蟻只是遵守兩項規則，一是在地面留下費洛蒙氣味，二是沿費洛蒙氣味較濃的路線前進。因此，即使沒受到指揮管理，也能採取最適當的行動。雖然偶爾會有少數螞蟻走到別條路線，基本上最短路線一定排滿螞蟻。」青木順著螢幕上較粗的直線，拉出幾條自巢穴出發的細線。

我聽懂螞蟻理論，卻不明白他舉這個例子的理由。不過，螢幕上那些線確實會令人聯想到剛剛提及的「時間分歧」。

果不其然，青木接著道：「要找出世界分歧的規則，這個螞蟻理論恰巧能派上用場。」

一股遭到放棄的孤獨感湧上心頭。那種感覺就像是一堂原本勉強能跟上進度的課，突然變得聽不懂。好比在數學課滿心「這算式爲何會變成那樣」的疑惑，慌得不知所措。螞蟻怎會與時光旅行、平行世界等話題扯上關係？

「什麼意思？」爲了跟上進度，我抱著攀爬懸崖的決心，絞盡腦汁苦苦思索。

「如同我剛剛談及的，蟻群在一條路線上來回走動，費洛蒙氣味會愈來愈濃，時間的流動也存在類似的狀況。這條幹線就等於世界A，其餘路線則是A′或A″。並非所有平行世界都具備相同的強度與重要性，最主要的路線通常只有一條，最多不超過兩條。相信您一定知道……」

「我不知道。」我搶先招認。

「我們如今身處的世界A，是不帶『，』或『〃』標記的主要世界。想掌握時間的流動狀態，觀察螞蟻走過的路線就行。費洛蒙氣味最濃的路線，便是最適合前進的主要世界。」

「所謂的螞蟻，是一種比喻嗎？」

「不，是眞正的螞蟻。當然，不是黑蟻或阿根廷蟻，而是體積更小且活在微觀世界裡的螞蟻。」

「怎麼可能有這種生物？」

「地球上的動物有八成是昆蟲，每年新發現的品種高達上千。能夠在時光之間來回移動的微小螞蟻，只是其中一種。昆蟲四億年前就存在於地球，難道您不曾感到疑惑嗎？其實，對昆蟲而言，『現在』和『四億年前』像是互相重疊的兩個世界。昆蟲的生命機制與我們完全不同，牠們甚至沒有肺，靠身上的孔洞便能吸收氧氣。我們人類的常識，根本無法套用。」

「話雖沒錯，但是……」

「能夠在時光之間往返的螞蟻，我們稱為『時間蟻』。一般情況下，時間蟻不僅存在於我們的世界A，同時也存在於世界A′或A″。就像電子以波的形式存在於數個世界一樣。這些螞蟻穿梭過去與未來，留下體內的費洛蒙。」

「時間蟻的費洛蒙？」

「蟻群總是在尋找最適當的路線。如同我剛剛說的，螞蟻會在巢穴與食物之間的最短距離排隊前進。同樣的道理，時間蟻也在尋找從過去通往未來，最短、最有效率的路徑。所謂的巡迴推銷員問題，相信您一定……沒聽過。」見我哭喪著臉，青木在最後一刻改口。「這問題是在討論，假設有一群推銷員要繞遍數座不同的大都市，如何找到最有效率的路線？想成功解答，可運用各種計算法則，前述的螞蟻理論也是方法之一。實際的做法是在電腦上設計出一群虛擬螞蟻，利用虛擬費洛蒙尋覓最佳路徑。經實驗證明，這些螞蟻真的能找到最有效率的路線。現今許多企業都開始學習螞蟻理論，以解決各式各樣的難題，我們機構自然不例外。時間的流動中有許多分歧，存在無數個平行世界。為了找出哪個世界才是最合適的主幹，及研究分歧點的位置，我們持續觀察時間蟻的數量與動態。」

我聽得頭暈腦脹，懷疑他利用莫名其妙的理論戲弄、誆騙我。這該稱爲螞蟻詐欺，還是平行世界詐欺？我的腦袋亂成一團，根本無法好好思考。

此時，我終於想起早該釐清的疑惑：「你爲什麼要找我過來，跟我長篇大論？」這可說是一切的原點。

三個月前，客戶的主管介紹某個人給我認識，而那個人又介紹青木豊計測技師長給我認識。一起吃過幾次飯後，他突然表示：「其實，有件事想請您幫忙。」我自認警覺心不低，但主管要我「去參觀青木先生的研究機構」，我只好勉爲其難地答應。

僕

在兩日交界之際，我擁有只屬於自己的時間。這就是我的能力。但短短數十秒或數分鐘，到底能做什麼？

幾乎什麼都不能做。

電視、電腦動不了，汽車不能開，連自動販賣機都無法使用。然而，世界並非完全凍結，我可以喝掉杯裡的水，可以吃東西，還可以看書或踢球。不過，也僅止於此。區區六秒，短得容易被忽略。感覺就像拚命存下一塊錢，最後買一罐果汁或一包巧克力一樣。不管有沒有吃到這包巧克力，對人生中的那一天都沒有太大影響。

話雖如此，畢竟是難得的能力，不免想胡亂嘗試一番，這也是人之常情。

只要是想得到的事，我幾乎都幹過。

深夜前往便利商店，在接近凌晨零點之際走向結帳台，趁周圍的時間停止，拿起結帳台旁的大福餅放進口袋。當然，我不是真的想偷東西，所以馬上就放回去。在店員面前光明正大地偷竊商品再歸還，既刺激又興奮。此外，我還曾調皮地將關東煮保溫鍋內的魚糕和蒟蒻調換位置。

有時，我也會想出一些點子滿足性欲。常說男人若能變成透明人，頭一件事肯定是當色狼，我自然不例外。

但在這方面，我的能力相當有限。

舉例來說，跟女大學生聯誼時，可趁時間暫停偷摸隔壁女孩的胸部。然而，短短幾十秒的觸摸根本勾不起我的欲望，反倒像一種與時間賽跑的「運動」。

又好比趁時間暫停偷看女人的內褲，這我也幹過。只是，照相機、手機都無法使用，當然不可能拍攝下來。

終於交到女友，前往她的公寓共度春宵後，我腦中浮現一種想法。只要有個女人願意在凌晨零點和我發生親密的關係，我根本不需要藉助「時間扒手」的能力。

關於奪取時間的方法，我同樣做過許多嘗試。

試著改變握手的姿勢，或加上輕輕擁抱，結果都沒太大差別。只要手與手交握，就能奪取六秒，這可說是唯一的規則。

試過所有想得到的事後，我放棄有效利用的念頭。不再試圖爲自己謀求利益，更別提造福人群。

如此一來，使用這個能力只剩一個目的。

那就是滿足自身的優越感。

這個能力可以凍結所有人的行動，獲得只屬於我的自由時間。

接下來，我所做的嘗試，逐漸變成優雅度過這段時間。

譬如，我會在白天與數人握手，到了晚上先泡好咖啡，輕輕攤開書本，準備享受不到一分鐘的「專屬時光」。

沒想到，我意外地滿足。這個能力在精神層面產生正向的效果。

女友甩了我的那一天，朋友爲我舉辦慰問會。我跟他們一一握手，在凌晨零點進入我的專屬時間後，便縱情放聲嘶吼，直到嗓音完全沙啞。

私

「現在該進入正題了。」青木豊計測技師長冒出一句。

我有些摸不著頭緒，不明白先前那一長串說明的用意。不過，我挺直腰桿，告誡自己要提高警覺，以免遭慫恿買下「去災解厄之壺」之類的東西。

「但我得省略一部分內容。」

「開場白講一大堆，正題卻要省略？」

「沒錯，細節沒有說明的必要。例如正題是『明天會下雨』，我不必連『爲何會下雨』也詳加解釋吧？講得更白一點，我要傳達的只有『明天會下雨，別忘記帶傘』而已。」他操作遙控器，螢幕出現一張照片。

照片上似乎是一棟廢棄的屋子，所有桌椅都移到牆邊，中央空出一大塊地方，某種物體堆得像小山一樣高。凝視半晌，我才驚覺那是一具具屍體，不禁心中駭然。我不敢肯定是眞正的屍體，還是假人偶。眼前的景象實在太超乎現實，我甚至懷疑那只是一堆升營火用的木柴。

螢幕接著出現另一張照片。

那是一家明亮潔淨的咖啡廳，櫥窗裡擺滿蛋糕。幾個齒如編貝、皮膚光滑的女人，優雅地坐在椅子上，叉起蛋糕送入口中，撫著臉頰，滿足地瞇眼微笑。

「這是什麼？」我問。

青木再次操作遙控器，螢幕上變成兩張照片並排。左邊是凌亂、恐怖的屍堆，右邊是雅致明亮的咖啡廳景象。

「從那樣……」他緩緩伸出手，指著左邊的照片，而後移向右邊。「變成這樣。」

「咦？」

「左邊的店裡堆滿屍體，店外也是。」

「這些人怎麼死的？」

「疾病。您眞是一語中的，那確實是一種具有抗藥性的細菌。」

「不可能吧？」我差點沒笑出來，「怎會有這種事？」

「不久的將來，世界就會變成這樣。一種無藥可治的細菌蔓延全球，沒有任何方法能阻止感染擴散，死者不計其數。活著的人不再害怕屍體，因爲光處理屍體就忙得焦頭爛額。」

我仔細觀察左邊的照片。屍體在中央靜靜堆成一座山丘，周圍似乎有小蟲在飛。一想到可能是蒼蠅，我渾身寒毛直豎。

「我們想將悲慘的景象，改變成這樣的溫馨景象。事實上，兩張照片拍的是同一家咖啡廳，時間的分歧造就截然不同的結果。」

我不禁聯想到某減肥商品的廣告標語。「從那樣，變成這樣。」瘦的當然比胖的好，享用蛋糕的咖啡廳當然比堆滿屍體的咖啡廳好。

「但是，要怎麼做才能像你說的……從那樣，變成這樣？」

「這就是重點。」青木豎起手指，表情毫無變化。「我們需要您的幫助。」

終於進入重頭戲，我繃緊神經，斂起下巴，挺直腰桿，目不轉睛地凝視青木。終於輪到我發揮功用，一些不曾想過的念頭在腦海盤旋。

「該不會是要我回到過去改變歷史吧？像祕密使者般出現在過去的世界，運用某種方法將世界從那樣，變成這樣？」

「嚴格來說，並不正確。要是讓世界進入分歧點，便失去意義。剛剛提過，我們存在於世界A，必須在不引起分歧的前提下，讓世界朝著我們預期的方向改變。爲了達成目標，我們計算過數也數不清的資料與數據。沒錯，就在這個機構裡。我們希望盡量不影響世界，逐漸改變世界的趨勢。些許微小的變化，能夠慢慢帶動其他變化，藉由重重連鎖反應，最後徹底改變未來。經過一次又一次的反向計算，我們找出最合適的第一張骨牌，而我們接下來要做的，就是推倒這張骨牌。」

心跳愈來愈快，但不是恐懼的緣故，而是我即將成爲改變世界的一分子。爲了世界潛入某處進行諜報活動，簡直像漫畫情節。

「所以，你們想派遣密使，推倒第一張骨牌？」

青木豊計測技師長再度拿起遙控器，螢幕又換一幅影像。

透明盒子裡，裝著一隻淡褐色生物。長長的觸角輕輕顫抖，宛如隨風搖曳的纖細稻穗。身體扁平，覆蓋透明薄膜，顯得夢幻而脆弱。橢圓身軀連著一顆小小的頭，共有六條腿。發展至極致的完美流線形軀體，可將空氣阻力降到最低，簡直像專爲高速移動精心設計的產物。牠左右移動，一眨眼便出現在另一個位置。光憑肉眼，根本追不上牠。纖細的外表，卻兼具敏捷的特性。

簡單來說，剛開始我根本沒看清那是什麼玩意。因爲是極近距離拍攝，而且我已失去冷靜思考的能力。

那生物的眞面目揭曉時，我全身毛髮倒豎，差點沒尖叫。

那是一隻蟑螂。

「這就是我們打算派往過去的密使。」青木的話聲鑽進我的耳膜。

僕

專屬於自己的時間，逐漸成爲帶來安心和喜悅的珍寶。如同鐵道模型迷眼中的模型實演，或拉麵愛好者眼中的新開幕拉麵店。當然，我沒辦法天天都享受這個樂趣。雖說我要做的只是握手，但想頻繁且大量地握手並不容易。正因我太常跟人握手，有段時期大學裡流傳「三上是同性戀」的謠言。後來，我發現手掌相觸就能「竊取時間」，於是改成「比腕力」。我在眾人面前聲稱希望變強，爲了取得信任還努力進行肌肉訓練，因而我獲得不斷找朋友比腕力的藉口。即使如此，我能偷到的時間依舊相當有限，一天頂多十個人。

進入求職時期，我認眞思索什麼工作能與大量的人握手。當然，以握手及「竊取時間」來決定人生的方向，似乎不是明智的決定。但我告訴自己，原本就沒有特別想做的工作，在求職條件裡多加一條「能跟他人握手」也不算太愚蠢。

「什麼工作需要常常跟別人握手？」我詢問好友。他回答：「參選議員吧，他們一天到晚在握手。」

「就知道你會這麼說。」我應道。實際上，議員這條路我早考慮過。電視上常播出候選人不斷喊著「拜託」及「謝謝」，並逐一與民眾握手的畫面。不過，那畢竟只有在選舉活動期間，一旦當選，握手的機會便大幅減少。更何況，我還沒有參選資格

（註）。

「不然當偶像如何？偶像不是經常舉辦握手會？」

我略一思索，決定放棄這個提案。如何才能當上偶像，我毫無概念。何況，我不清楚握手會占偶像的工作多少比重。

「好吧，你乾脆去表演戰隊秀。那叫什麼來著……特攝演員？那種秀在表演結束後都會跟孩子們握手，不是嗎？你是練體操的，剛好合適。」朋友毫無責任感地亂出主意。

當然，我們純粹在閒聊，毫無責任感也不是他的錯。但他說得隨興，我倒聽得血脈賁張，只差沒大喊：「就是這個！」

我不由得握住他的手，偶然又賺到六秒。

註：根據日本公職選舉法規定，日本國民必須年滿二十五歲才能參選眾議院議員。

私

神祕的昆蟲世界裡，蟑螂是人類最厭惡與恐懼的一族。如今蟑螂竟成爲「拯救人類未來的密使」，我一時難以接受。

我一心期待青木豊計測技師長澄清是在開玩笑，但他沒這麼說，反倒一臉認眞地解釋：「蟲洞內部具有強大的重力，一般情況下會立刻消滅。若要讓蟲洞續存，得放入反重力物質。即使如此，通過蟲洞時仍得承受大得難以想像的壓力。人類一旦進入，馬上會被壓成零厚度的顆粒。」

青木振振有詞，彷彿是從動物和人體實驗中得到結論。我想像身體被擠壓成顆粒的痛楚，怕得渾身發抖。「難不成蟑螂能在蟲洞裡存活？」

「蟑螂是一種生命力極強的昆蟲。而且當我們將某樣物體經由蟲洞送到過去時，會爆發巨大的能量。例如，要是放入這隻手表，衝擊將波及整個關東地區，造成停電或機械故障。那麼，究竟要傳送多少質量的物體，才能夠將危害降至最低？透過實驗，我們得知物體的質量若低於兩公克，衝擊只會造成這座地下機構停電數秒。」

「蟑螂的質量在兩公克以下？」

青木點點頭，接著道：「還有一點，我剛剛提及的時間悖論，像是殺死雙親之類的情況，不會發生在蟑螂身上。」

「你怎麼能肯定？難道嘗試過？」雖然利用蟲洞進行時光之旅，完全是科幻小說中的情節，但到這個節骨眼我也不得不信。

「從三億年前到現在，蟑螂的外貌幾乎沒改變，您知道爲什麼嗎？」

「蟑螂的生命力頑強？」

「三億年間，蟑螂完全沒進化。換句話說，就是蟑螂早在三億年前進化完畢，您知道其中的意義嗎？」

「不知道。」

「我們曾將一隻蟑螂送往四億年前。」

驚訝之餘，我內心其實早猜到是這麼回事。從他剛剛的話，不難推測出這個結論。

「這隻蟑螂……」青木凝視著螢幕上的扁平橢圓形昆蟲，「引發時間悖論的可能性極低，而且擁有極強韌的生命力，是派遣密使的最佳選擇。更重要的一點是……」

「更重要的一點？」

「牠擁有足以改變人類行動的能力。」

「什麼意思？」

「不是送某樣東西到過去就好。送過去的東西，必須足以改變時間的流向。」

「爲了推倒第一張骨牌？」

「沒錯。跨越時空出現在過去的東西，若是一顆石頭或一隻螞蟻，人類的行爲不太會受到影響，要推倒骨牌更是難上加難。但換成一隻蟑螂……」青木注視著我，「將改變人類的行動。」

這一點我深有同感。蟑螂的出現總會改變人類的行動，有人會尖叫，有人忙著撲殺。我再次望向螢幕上的蟲子。那似乎是機構內另一間房的即時影像。想到這位密使接下來將肩負重任展開漫長的旅程，我不由得肅然起敬。那類似塑膠片的半透明身軀，看起來如此崇高。不過，會產生這種觀感，顯然是我太單純。

「只是，再安全的藥物也有副作用。」青木話鋒一轉，「同樣的道理，一旦改變時間的流動方向，肯定會產生一些我們不樂見的結果。除了預期的阻止細菌蔓延的變化，還會有許多人的人生跟著改變。基於這個前提，我們將變化歸納爲三類。」

「三類？」

「分別是『好的變化』、『壞的變化』及『絕望的變化』。」

「好孩子、壞孩子、普通的孩子（註）？」我脫口而出，但青木毫無反應。

「一旦我們送出密使，世界的潮流會隨之改變。送出的那一瞬間，世界A的狀況就會完全不同。例如，某些人可能變得很有錢，某些人避開將罹患的疾病，這些都是『好的變化』。至於本來能結婚的男人一直結不了婚，或本來會中獎的樂透沒中獎，則是『壞的變化』。」

「好比世界盃足球賽或奧運的主辦國突然撤換？」

青木點點頭，「許多人的人生會產生變化，不過主辦國改變的事，本身稱不上是『好的變化』或『壞的變化』。」

註：影射八〇年代熱門電視節目《欽ドン！良い子悪い子普通の子》。

「在變成主辦國的國民眼裡就是『好的變化』。」

「是啊。」

「那『絕望的變化』又是什麼？」

「死亡。」青木的語氣犀利而冰冷。「或是受了難以痊癒的重傷，瀕臨死亡。」

「這未免太過分。對那個人來說，不管細菌有沒有蔓延全球都得死，實在不公平。爲了拯救世界，就能輕忽一個人的性命？你們把人命視同螞蟻嗎？爲了巢穴的利益，就算犧牲一隻螞蟻也不在乎？」

「我們跟螞蟻不同。」青木沒動怒，只輕輕搖頭。「爲了避免這種情況，我們進行過許多計算。當然，我們無法避開所有變化，因此不得不訂下一個方針，就是『好的變化』與『壞的變化』由當事人自行承擔，但『絕望的變化』必須趨近於零。我們經過一次次計算，想找出最符合方針的時間路徑。」

趨近於零。這句話不斷在我腦中盤旋。既然趨近於零，代表並不是零。

「在何種時機，藉何種方式送出密使，才能將變化造成的受害者數量降到最低，是非常艱難的課題。有人得救，就會有其他人受到影響，我們必須盡量減低這些影響。」

盡量減低。聽到這句話，我的腦海浮現一個畫面。將一個大氣球塞進小箱子，不管怎麼擠壓，總會露出一部分。擠進這個部分，就會有其他部分膨脹突出。消除一個「絕望的變化」，便會產生另一個「絕望的變化」。

「雖然不盡完美，但我們終於找到一條將『絕望的變化』降至最低的路線。」

「你們找到了？」

「是的，在我們計算出的這條時間動線，世界將逃離細菌的侵襲，而且只有一個人會出現『絕望的變化』。」

「只有一個人……」我不禁呢喃。

「這是我們的極限。不管怎麼改善，都不可能出現更好的路線。」

此時此刻，我才恍然大悟。爲何青木要把我這個毫無關係的局外人找來，對我說一些艱澀的理論。「那個人就是我？」

青木豊計測技師長初次顯露感情。他的眼皮微顫，目光中帶著一絲憐憫。但下一秒，他已恢復冷徹的態度：「沒錯。」

僕

電視上那些以兒童爲主要觀眾的戰隊節目，參與演出的門檻非常高。不僅得隸屬於專門的組織，而且競爭之激烈，幾乎跟棒球玩家要擠進職棒大聯盟一樣。像我這種只在高中時期練過一點體操的貨色，想擠入那道窄門簡直是癡人說夢。所以，打一開始我就瞄準在遊樂場或百貨商場樓頂舉辦戰隊秀的公司。仔細想想，我的目的是「頻繁」並「大量」地與人握手，出演電視節目沒有任何意義。

非常幸運地，我很快找到職缺。那是專營幻想人物秀及吉祥物表演的非上市公司，在培育動作演員方面相當積極，我立刻決定報名應徵。當時我才大四，對方要求我參加公司每週舉辦的培訓課程。

「不到一個月，十人中有九人會辭職。」面試時，身兼演員的社長這麼說。他上下打量我，聳聳肩道：「看你弱不禁風的樣子，恐怕會很難熬。」我猜他的話只有一半是眞的，另一半是嚇唬年輕人取樂。

「或許有點老套，我還是想知道，你爲什麼要應徵這份工作？」這是他唯一的提問。

社長八成以爲我會說出「希望帶給孩子們夢想」之類的答案，其他人大概都是這麼回答。但我太緊張，沒深思就脫口道：「我想跟孩子們握手。」

這樣聽來，簡直像對孩童身體感興趣的變態，我連忙解釋：「透過交握的雙手，爲孩子們加油打氣。」我期待接近語無倫次的說明，能消除我是變態的疑慮，但社長沒回應，只笑道：「好吧，練習時可要乖乖來報到。」

練習確實辛苦，可是我不曾動過辭職的念頭。或許我天生適合做付出勞力的工作，進大學後逐漸鈍化的身體重新變得靈活，感覺相當暢快。

前輩告訴我，上場表演的機會可遇不可求。然而，我十分幸運，就學期間意外獲得上場機會。

那一天，大宮站前有場戰隊秀，我在後台幫忙做些雜務。預定上場的前輩在趕來途中出車禍，社長突然吩咐：「三上，你去試試。」

事後，社長得意洋洋地說：「我看你練習認真，腦袋又機靈，早知道你應該沒問題。」不過，我猜他當時只是死馬當活馬醫。

雖然周圍的人都替我捏了把冷汗，但我沒什麼嚴重的失誤，順利結束表演。這次的意外演出，對我意義重大。穿綠色制服在舞台上施展身手，等於向所有人宣布「我已能獨當一面」。

表演結束舉行握手會，我十分感激。除了終於如願握到許多人的手，更爲選擇正確的道路感到興奮和喜悅。

那是星期日的表演活動，舞台不算大，來看的孩童卻相當多，或許是表演電視播放的最新戰隊的緣故。上午和下午加起來，我總共跟上百名排隊的孩童握過手。

當時，我的內心湧現一股憂慮：「隔著戰隊制服的手套，會有效果嗎？」以前我從沒思考過這一點，幸好事實證明是杞人憂天。

凌晨零點前，我獲得將近十分鐘「只屬於自己的時間」。這段時間的長度打破紀錄。我輕啜咖啡，閱讀雜誌，充分享受悠閒的時光。

更重要的是，我發現孩童才是最適合竊取時間的對象。

過去從他人身上竊取時間，雖然只是短短六秒，多少仍會抱持罪惡感與恐懼感。假如對方凌晨零點不巧在開車，可能會因被我奪走六秒發生交通事故。我很害怕會造成意想不到的悲劇。

相較之下，以孩子們為對象安全得多。絕大部分的孩童凌晨零點早已入睡，就算在睡夢中僵硬六秒，也不會有絲毫影響。

隨著日復一日的練習及上場表演，我深深覺得這是自己的天職。大學畢業後，我理所當然地成為正式員工。社長嘖嘖稱奇，直說「沒想到你能撐下來」。

原以為接下來的日子將是快樂而充實的。不，或者應該說，那段日子我確實嘗到生活充實的滋味。

萬萬沒想到，其實我早就被人盯上。

只要與他人握手，便能竊取六秒。這數字並非實際計算的結果，而是來自經驗與感覺。由於進入凌晨零點的剎那，周圍的時間就會凍結，根本無法藉時鐘估算到底暫停多久。所謂的六秒，是我享受著咖啡，邊在心中倒數，最後推測出的數字。不過，這數字離眞正的時間長度應該相差不遠。因為「六」在時間觀念裡恰好是關鍵的數字。

有段時期，我的最高紀錄是十三分鐘。換句話說，那天我曾與一百三十人握手。

那時，我逐漸對自己的表現產生信心。除了百貨商場頂樓的表演、鄉下小賣店的握手會等簡單工作，連在大型會場表演也難不倒我。

我們表演過的戰隊英雄，只能以五花八門形容。有些制服詭異到讓人不禁想問：「到底是怎樣的媒體能接受這種戰隊？」有些戰隊則是歷史悠久，在電視上播放不知是多少年前的事。當然，最受歡迎的還是目前電視正在播放的戰隊或假面騎士。

除了初次代替前輩上場的經驗，每次有機會表演最新的戰隊，總會產生莫大的成就感。表演結束後的握手會，孩子們雙眸綻放的神采便足以說明一切。對活躍於同一時代的英雄，孩子們不會隱藏內心的憧憬。他們的熱情深深感動我，但另一方面，我又不禁爲他們感到悲哀，現實生活中根本不存在這樣的英雄。我會有此想法，或許是源自社長某天喝醉說出的一番話：「在現實社會裡，想要實現正義，像戰隊英雄那種追求完美的做法肯定行不通。眞正能發揮效用的，是談判、利益互惠、人脈及輿論調查。」

「是這樣嗎？」

「即使有個能預知未來的英雄，把壞人一一打倒……」

「然後呢？」

「只要不小心講錯一句話，便會遭媒體的砲火攻擊，落得身敗名裂。」

我聽了不禁哈哈大笑。

「一個無能、沉默寡言且個性溫和的政治家，跟一個有才能卻說話毒辣的政治家，你會選哪個？」

「明知周圍的人都在等著抓自己的把柄，還不小心講錯話，不也是無能的表現？」

「這年頭想當英雄，首要條件就是不能亂講話。」社長嘆口氣。

總有一天孩子們會知道，世上不存在綁著領巾或肩披斗篷的帥氣英雄。雖然有些誇大其辭，但一想到這點，我的胸口就像壓了塊重石，有種喘不過氣的感覺。

「我們需要你的幫助。」在某個表演舞台上，我聽到這句話。當然，劇本裡沒有這一句。更何況，我們在舞台上表演時，只管展露身手，不用講台詞。萬一要開口，另有持麥克風的同事負責配音。再說，以怪人的台詞而言，未免太正派。

當時我一個翻身，使出後迴旋踢，一腳踢在敵人身上。接著，模樣有如蟑螂的可怕怪人撲過來，突然低語：「我們需要你的幫助。」

話聲極小，別提台下的觀眾，連舞台上其他同事也沒聽見。我一愣，想問個清楚，但礙於表演不能中斷，只好當成聽錯。不料，那怪人再度與我扭打在一起時，又說一句：「我們知道你的特殊能力。」

除了竊取時間，我實在想不出自己還有哪種特殊能力，但我找不到機會釐清狀況。

表演結束，我四處尋找飾演蟑螂怪人的前輩，想詢問那兩句話是什麼意思。豈料，有人發現他躺在公司的箱形車裡，呈昏睡狀態。那前輩一向認眞，絕不會在上場前打瞌睡。「我喝了口茶，突然非常想睡。」他這麼解釋，大夥幾乎是立刻相信。怪人正常上場表演，沒給任何人添麻煩，前輩根本沒必要撒謊。那麼，到底是誰、基於何種緣由迷昏前輩，並代替他上場表演？大夥苦思半天，仍沒有結論。「以後上場前喝寶特瓶裝的飲料，一定要注意有沒有被下安眠藥。」這是我們最後得到的教訓。

只有我隱約猜到眞相。對方或許是爲了與我交談，故意假扮成怪人。

但我完全猜不到對方的身分。

而且我也不明白，如果是爲了跟我對話，何必搞得這麼複雜？

又過一陣子，我收到一封信。那封信偽裝成仰慕信，寄到公司。「三上先生，願不願意好好運用你的能力？」信裡如此寫著。短短幾天內，我收到數封類似的信。除了實體信之外，還收到電子郵件。對方怎會知道我的電子信箱？我懷疑是公司個人資料外洩，卻看不出半點跡象。這神祕的對手，提到我擁有的竊取時間的能力。

剛開始，我相當害怕。但信裡的用字遣詞恭謹客氣，左一句「請不要擔心」，右一句「希望逐漸獲得你的信任」，因此我沒產生強烈反抗或拒絕的念頭。更重要的一點，既然對方知道我擁有竊取時間的能力，絕不會只是惡作劇。

「我們認為向你求助是唯一的解決辦法。」這句話多少帶有強人所難的意味，但除此之外，對方不斷以「若你願意」、「如果能夠」等話語展現尊重，我逐漸鬆懈戒心。

明知對方是在引我上鉤，我卻萌生「聽聽對方怎麼說」的想法。對方總是自稱「我們」，而且試圖與我聯絡的人不止一個，可見背後是某種神祕組織。

不知不覺中，我已給出回應。

你們希望我做什麼？

你們怎麼知道我擁有竊取時間的能力？

要是我拒絕會怎樣？

針對這些問題，對方的回答大致如下：

你擁有創造「只屬於自己的時間」的能力，我們想請你利用這個能力，做一件簡單的事情。換成一般人，要完成任務相當困難，但交到你手上，將變得輕而易舉。

關於如何知道你的能力，說起來有點複雜。反正不管理由是什麼，總之我們很清楚你的能力，請原諒我們不多解釋。

就算你拒絕我們的請求，也不會受到任何危害，包含金錢損失、精神打擊或肉體傷害。你還是能像往常一樣平安過日子，只是很多人將失去得救的機會。

明知自己太過單純，但基於工作性質，我對「拯救世人」之類的內容實在無法充耳不聞。

「要是我接下任務，誰會獲救？」我回信詢問。

是孩童，還是老人？是這個國家的人嗎？範圍更廣，或者更狹窄？

「不管孩童或老人都會得救。再怎麼保守估計，也不能否定你將拯救全世界的事實。」

「再怎麼保守估計？」總覺得這是在調侃我。

接著，我問了相反的問題。要是我完成任務，會不會有人受害？再優秀的藥物也會有副作用，同樣的道理，影響力如此巨大的任務，恐怕會造成不少人困擾。

針對這一點，對方的回答還算老實。「若說不會給任何人帶來困擾，是騙你的。但那並非具體的傷害或損失，只是讓某些人的心血成果化爲烏有。」

下一封信的內容，我看得一頭霧水。

對方舉「飛腳」爲例。

「飛腳」這字眼出現時，我不禁愣住，不明白兩者有何關係。繼續讀下去，對方如此解釋：

所謂的飛腳，指的是江戶時代往來於各都市的信差。他們往往要跑上數十天，才能將訊息從一個地方遞送到另一個地方。然而，現代人拿起手機，數分鐘內就能取得聯絡。若要寄送貨物，委託宅配業者，隔天便能送達。

就像這例子裡的飛腳一樣。

假如飛腳跑得氣喘吁吁時，看到宅配的卡車駛過身旁，聽見司機喊著「我們的做法更有效率」，肯定會相當沮喪。那代表過去的辛勞與投資化爲泡影，心裡恐怕不會好受。

你若接下這項任務，也會發生類似的情況。

以上就是對方的回覆。

我的任務就像宅配或手機，會導致腳踏實地、努力奔跑的飛腳失去存在意義。

「不過，從大局來看畢竟是好事。飛腳丟了工作，但世界變得方便許多。」信上補充道。

原來只是這種程度。

我鬆口氣。所謂的受害，只是像飛腳因效率化失去工作一樣，那我就放心了。

於是，我答應幫忙。

或許有人會責怪我太輕率魯莽。我也懷疑搞不好這是在助紂爲虐，或某種詐騙手法。

但我仍決定蹚渾水。

我想讓自己的能力派上用場。不僅僅是我，相信所有人都希望能實現自我。不過，或許我在舞台上當慣英雄，正常的感覺早已麻痺。

私

聽到如此驚人的消息依然保持冷靜，或許是我還無法完全接受事實的緣故。「爲了全世界的利益，你必須承受絕望的變化。」聽到這樣的宣告，誰能坦然接受？

「我們準備派出密使。當然，其實大可瞞著您偷偷進行，但我們畢竟是有血有肉的人，認爲懷著鴕鳥心態太不負責任。我們不想逃避應該背負的罪愆。儘管能夠拯救無數人，卻不能成爲免罪符。我們抱持這樣的想法，今天才會請您過來，讓您親眼目睹我們接下來要做的事。希望藉由我的說明，您能明白自身的處境，與將要面對的遭遇。」

「就算明白，又能怎樣？難不成要我乖乖等死？」我的激動程度，超出自己的預期。我不禁有些欣慰，原來自己還擁有勇敢反駁對手的潛力。

青木豊計測技師長再次切換螢幕，畫面回到剛剛那兩張照片。他指著螢幕說：「世界將會從那樣，變成這樣。」

「從那樣，變成這樣。那一瞬間，我就會消失在世上？」

「您還有一些時間。隔壁房間備有您喜愛的餐點，及幾位您應該會中意的女士。這是我們最大限度的補償。」

螢幕再度切換。白牆環繞的房內，擺滿一座座有如巨大衣櫥的儀器。房間中央有個類似燭台的東西，上面放著半球形的透明盒子，裡頭是一隻六條腿的茶褐色扁平節足動物。觸角輕輕搖擺，不時來回移動。

「那是普通的蟑螂？」

「不，不是所有蟑螂都能適任。這隻蟑螂經過基因改良，並以特殊方式培育，終於在所有同伴中脫穎而出。他背負著全人類的希望。」

「牠是公的？」

「那房間受到重重保護，只要入侵者觸動感應器，警報就會響起，並噴出瓦斯。跟入口處的電梯間一樣。」

青木輕描淡寫地說著。大概是擔心我會不管三七二十一地尋找那間實驗室，衝進去殺死蟑螂吧。

我的心跳愈來愈快，胸口的鼓動幾乎要震破皮膚。我好害怕，呼吸也愈來愈急促。驀然間，我感覺嘴唇上有濕滑的液體，伸手一摸，才知道鼻孔流了血。

僕

我開著輕型汽車（註），駛上一條從未走過的國道。此時已是深夜，往來車輛依然不少，我不禁佩服起人類的活動力。

瞥一眼車內的電子鐘，彎過一處路口後，我踩下油門。並非時間來不及，而是心情太過亢奮。

今天白天，我站上憧憬的知名遊樂園舞台。那場地可容納四千名觀眾，說是戰隊秀的「聖地」也不為過。像我們這種小規模的公司，原本幾乎不可能在這樣的地方表演。「某大公司不知為何犯下檔期重疊的疏失，臨時毀約，週日的秀交給我們負責。」社長

註：根據日本交通法規，排氣量在六六〇CC以下的汽車為「輕型汽車」。

說得眉飛色舞也是人之常情，畢竟是千載難逢的好機會。

所有同事都嚇傻了眼，唯獨我反應平淡，一切如同「他們」的指示。「爲了讓你徹底發揮能力，我們會安排大量握手的機會。」聯絡的一封信裡寫著，於是就在今天成眞。

遊樂園內的表演結束，就是握手會。將近三百名孩童排隊等著跟我握手，成爲我的最高紀錄。

就這樣，我獲得三十分鐘。

三十分鐘能不能完成他們交辦的任務？

我試著推估，應該是綽綽有餘吧。

任務的內容很簡單，根據他們送來的建築物平面圖來看，移動距離也不長。只要有三十分鐘，相信不是問題。

「你們掌握龐大的資訊，又擁有讓我們公司站上那個舞台的影響力，爲什麼還要靠我？任務的內容相當單純，不是嗎？」我百思不解。

對方說明：「以一百公尺賽跑爲例，我們知道如何跑出十秒的成績，講得出背後的原理。或許能建設一座體育館，創造最佳環境，而該用怎樣的姿勢來跑，我們也相當清楚。可是，只有極少數擁有天賦的人，才能眞正跑出十秒的成績。」

即使在夜色中，仍能清楚看見目標建築物，路燈將白色外牆照得發亮。對方指示我在建築物正前方停車。這不是我的車，是他們爲這一天特地準備。收到「將交付一輛輕型汽車」的電子郵件，隔天貨運業者便送到我家公寓門口。

我停下車，關掉引擎。

車子不再震動，車燈隨即熄滅。剛剛在道路上疾馳的強大生命力，彷彿蒸發得無影無蹤，變成一團巨大鐵塊。像是一頭搬運貨物的馱獸，完成使命後靜靜睡去。

我走向那棟白色建築物，出入口的透明大門緊閉。三更半夜，大門當然會上鎖。旁邊的牆上設有對講機，想打開門鎖必須輸入密碼，並通過指紋辨識。

我站在原地等待。

「我們會製造停電。」數天前，第一次以對話方式進行溝通時，一個男人告訴我。他的話聲沉著冷靜，毫無抑揚頓挫。明明是在電話上交談，卻和電子郵件往來沒兩樣。

「停電？」

「在你的行進路線上有數道裝設電子鎖的自動門，只要停止供應電源，就能直接推開。」

「這就是製造停電的目的？不過，既然是祕密基地，應該有預防停電的措施吧？」

「當然，那地方備有優秀的不斷電裝置，就算停電也能正常供給電力。不過，我們會一併關掉不斷電裝置。」

「連這種事都辦得到，還有什麼是你們辦不到的？」我坦白說出心中的疑惑。雖然他們強調目標擁有牢固的安全防護措施，破解起來卻彷彿輕而易舉。

「沒那麼簡單。那機構的安全設備相當完美，一旦不斷電裝置停止運轉，輔助用的菌絲電池會自動運作。」

「菌絲電池？那是什麼東西？」

「一種利用黴菌增殖來發電的裝置。目前尚未正式公開，但一些特殊機關已進入實用階段。當然，這僅僅是輔助裝置，無法完全取代傳統電力。」

「到時候那玩意會啓動？」

「菌絲電池啓動後，只要偵測器發現機構內出現可疑人物或發生異常狀況，就會緊急停止一切作業。接著，全副武裝的警衛隊將進行地毯式搜索。」

「那我該怎麼做？」

「不斷電裝置停止運作後，菌絲電池需要一些時間才能啓動，你必須妥善利用這段空檔。在菌絲電池啓動前，整座機構無電可用，徒手就能打開每一扇門。」

「這段空檔有多長？」

「五秒。」

「五秒？」

「感應到不斷電裝置停止運作，菌絲電池會在五秒後啓動。」

「五秒？短短五秒能幹嘛？」

「這就是我們需要你的原因。」電話另一頭的話聲難得溫和。

建築物外頭陰暗，且有些涼意。我彎彎膝蓋，伸個懶腰，轉動上半身，拉開筋骨，接著瞄手表一眼。綁在戰隊制服袖口上的表也是他們送來的，並非我的私人物品。光看造型，就知道是精準的高級手表。

我目不轉睛地盯著秒針。馬上就要進入「明天」，我不禁有些緊張。這是我第一次使用長達近三十分鐘的「額外時間」，還不是優雅地喝喝咖啡，而是肩負重大使命。驀地，我的眼角餘光捕捉到一道人影。轉頭一瞧，是個穿西裝的男子，八成是正要回家的上班族。四周一片漆黑，仍隱約看得見對方錯愕的神情。我暗叫不妙，但下一瞬間，建築物入口的燈閃爍，旋即熄滅。停電了。我確認手表，秒針停在零點前。行動開始。

我伸手橫拉，透明大門輕易打開，約莫是失去電力控制的關係。若他們的情報正確，五秒後將恢復供電。

而我能把這五秒變成三十分鐘。

我衝進建築物，利用電梯旁的樓梯往下移動。生硬的腳步聲迴盪在冰冷的建築物內。繞著樓梯往下跑三層耗費一些時間，但比起平日的練習，這樣的運動量實在不值一提。

抵達地下三樓後，如同他們的描述，眼前出現一排類似ＪＲ車站剪票口的儀器，兩邊各站著一個西裝男人，腰際配備武器，牆上則有監視器。不管是守衛或監視器，都呈靜止狀態。

我躍過那排儀器。後面還有幾台認證用的機器，但全部失去功能，無需理會。掠過一台又一台機器，我用力打開前方的門，踏上走道。

筆直的走道綿延不絕，我的距離感逐漸麻痺，不管怎麼跑，彷彿都沒前進。我暈頭轉向，仍奮力奔馳。來到盡頭處，彎進左邊走道。

一道人影冒出，我嚇得差點尖叫，旋即恢復鎮定。除了我之外，此刻沒有任何人能自由移動。

移動過程的細節，我就省略不提。總之，我不斷奔跑、轉彎與前進，但還不至於感到疲累。

最後，我終於找到目標房間。那沉重的門板與指示燈，簡直像手術室。我使勁全力推開門。

裡頭相當寬敞。

放眼望去，只見各種器具、桌子及類似電腦的儀器。牆上設置好幾個螢幕，全處於停電狀態。

房裡站著一個人，應該是研究員。他穿著特殊材質的服裝，像是薄薄的太空衣。並未戴頭罩，倒是配戴一副特製眼鏡，透明鏡片擋住整張臉。

牆壁上方有扇玻璃窗，窗外站著許多人，好似在欣賞表演的觀眾。

這樣的表演居然能吸引觀眾，想來不禁莞爾。另一方面，這幕景象也帶給我一種不舒服的感覺。那些人在高處俯瞰，流露一股傲慢。

我走向中央。那裡孤伶伶地擺著獨腳桌，上頭是一個透明盒子。看起來像舞台上的魔術師道具，又像一道高級料理。

他們告訴我，桌子周圍設有不少感應器，及因應異常事態的各種裝置。但在停電且時間暫停的狀態下，當然毫無用武之地。

我大步前進。

打開半球形透明盒蓋，反倒是最膽戰心驚的一刻。因爲我知道放在裡面的，是一隻可怕的昆蟲。

我從腰帶取下一個小盒子，這也是他們準備的道具。我顫抖著抓住那隻蟲，雖然戴著手套，仍噁心得渾身起雞皮疙瘩。放進盒裡蓋上，扣回腰帶後，我依照指示，在半球形盒內放入一枚記憶卡。

大功告成，接下來只剩離開這個地方。我沿著原路全速奔馳。

跑到一半，突然傳來振翅聲。大概是錯覺吧？盒子裡的蟲子在動嗎？這種可怕又詭異的昆蟲，搞不好有辦法闖入我的自由時間。幸好，我沒再聽見任何聲響。

「二〇一〇年，英國綜合微生物學會率先發表研究成果。」前幾天的電話裡，那男人如此解釋。「他們聲稱找出一種天然的抗生素，能夠消滅抗藥性金黃葡萄球菌、病原性大腸桿菌等致命的病菌。這種抗生素可從蟑螂的中樞神經提煉，不僅如此，他們還發現蟑螂與蝗蟲的大腦有九種抗菌物質，各分子皆具備殺死不同病菌的功效。由此可知，昆蟲擁有人類無法比擬的能力。研究持續進行中，如今科學家已能從特定的蟑螂個體抽取出強力的抗生素。」

對方話中的時間點，我聽得有些困惑。「如今」指的是什麼時候？說到「二〇一〇年」，他爲何像提及一個遙遠的歷史年份？

「現在這個世界，正因抗藥性病菌的肆虐陷入悲慘的狀況。」對方繼續道。

「現在？抗藥性病菌肆虐？」根本沒聽過類似的消息，我不禁納悶。

「我們嘗試以各式各樣的蟑螂、蝗蟲製造抗生素，這些藥物雖能發揮一定效果，卻無法徹底消滅病菌。關鍵在於，我們找不到最合適的蟑螂。爲達成目的，我們分析蟑螂的基因，建立龐大的遺傳系譜。藉由此一研究，發現過去曾存在一隻完全符合我們需求的蟑螂。」

他們希望得到這隻蟑螂。

這就是我的任務。如今那隻蟑螂被保管在「某」機構，即將使用在「某」項計畫。名稱全是「某」，我完全不知詳情。

「只要得到那隻蟑螂，就能輕易解決抗藥性病菌蔓延的難題。因此，我們需要存活在你那個時代的那隻蟑螂基因。」

「那到底是什麼機構？」

「其實，他們的最終目的與我們相同，也是阻止病菌蔓延。」電話另一頭的男人回道：「但我們的做法高明許多，既有效率、損害又小，而且過程完美。」

「就像飛腳與宅配的差別？」

「正是如此。所以，應該採取我們的做法，而非他們的做法。當然，這不是他們的錯。時代在變化，人類做得到的事也會跟著改變。舉例來說，剛問世的手機大得像滑稽的道具箱，卻是當時最頂尖的技術。」

「你們究竟是哪個時代的人？」

對方沒回答。

折返電梯間，兩名警衛依然維持靜止不動的狀態。我奔上樓梯，來到一樓，拉開門。天空呈朦朧的黑色，雲團絲毫沒移動，星辰也不再閃爍。

私

我不敢肯定自己還存不存在。「我思故我在」，這句名言眞有道理。反過來說，消失的瞬間，並不會產生「啊，我消失了」的念頭，因爲連「思考」本身也會跟著消失。

就在剛剛，時針指向凌晨零點的瞬間，我緊緊閉上雙眼。

我並未完全相信青木豊計測技師長的長篇大論，更沒有泰然接受他所謂的「絕望的變化」。

我拚命掙扎，卻遭制伏，嘴裡被塞入類似胃腸藥的藥物。後來我吃了些餐點，幾個姿色動人的美女包圍我。神智愈來愈不清楚，我暗暗咕噥「好吧，或許這種死法也不錯」。

這可怕的一切都是假的，我只是遭到捉弄。

我的內心存有一絲冀盼。

被告知「你將在今天死去」，誰能坦然接受？

大部分的人想必會認爲「或許沒那麼糟」或「不可能發生這種事」。

接近凌晨零點時，青木豊計測技師長再度出現在我的面前。不過，這次是透過室內的螢幕。「您還好嗎？凌晨零點到來之際，您有什麼願望？」

如果我回答「想裸身和美女抱在一起」，多半能實現吧。他們也是第一次碰到這樣的情況，有些不知如何處理。

「一個人的絕望能拯救無數人，倒是挺划算的。」我不斷催眠自己。雖然很清楚這個道理，卻無法接受犧牲的是我。

那隻蟑螂在時光旅行後，會進入某戶人家，一名中年婦人在洗碗。不久電話響起，婦人恰恰洗完，便隨手接聽。「我是你老公的情婦。」電話另一頭的人說。

「真是太可怕了。」我想像著那樣的畫面。

「沒錯。」青木豊計測技師長點點頭。「這是個重要的分歧點。」

此刻，密使發揮扭轉局勢的能力。蟑螂一出現，婦人發出尖叫，從廚房逃到二樓。丈夫打死蟑螂後接起電話，發現是偷腥對象打來的，大吃一驚，連連安撫。最後，婦人並未察覺丈夫在外偷腥。

這個變化撞倒一張又一張骨牌，最後導致世界盃足球賽變更主辦國，流行的帽子換了一種造型，恐怖病菌並未蔓延全球。至於中間究竟有怎樣的因果關係，不得而知。

從那樣，變成這樣。

時間來到凌晨零點，我緊緊閉上雙眼。腦袋一片空白，宛如墜入漆黑的宇宙，我怕得尿濕褲子。

我感覺自己在下墜。黑暗中，我以倒栽蔥的姿勢加速墜落，像是發不出聲音的嬰兒。或許是我的意識連接上某個嬰兒吧。我只曉得自己不斷落下，八成會撞上無機質的地板，結束一生。

驀地，我感受到疼痛與一股彈力。

明明什麼也看不見，卻感覺有雙巨大的手抱住我。接著，不該聽見的歡呼聲響起。

我戰戰兢兢地睜開雙眼，茫然想著「啊，我還存在」。原本應當消失的我，毫髮未損地活著。那隻蟑螂回到過去改變歷史，我不是會失去生命嗎？為何感到有股力量舉起我？遠方傳來的歡呼聲，久久不曾止歇。

私

青木豊計測技師長顯然是個心思細膩的人。我明明已是貨眞價實的局外人，他仍向我說明當前的情況。此時距凌晨零點已過一小時，我們來到當初對談的房間。

螢幕反覆播放著即將送進蟲洞的蟑螂瞬間消失的影像。他搔著頭告訴我，即使慢動作重播，依舊看不出所以然。凌晨零點前，蟑螂還好端端的，凌晨零點一到，蟑螂卻憑空消失。

「那隻蟑螂會不會在進行時光之旅？」我問。

「果眞如此，怎會沒出現任何變化，也沒產生衝擊波？而且……」

「而且，我還活著？」

「甚至多出一枚記憶卡。」

「蟑螂變成記憶卡嗎？」

「不可能。」青木擺出舉手投降的動作。「我們剛剛檢查這枚記憶卡，發現某減肥商品的廣告影像檔。」

「減肥商品？」

「一種新型的運動器材，但經過調查，如今市面上並無類似商品。」

「搞不好是未來的減肥商品，不曉得有沒有效？」大概是死裡逃生太過興奮，我忍不住開玩笑。

「影片最後打出大大的廣告標語。」

「怎樣的標語？」

「『我們這一套，比過去的做法更簡單有效』。」

「哦……」

接著，青木提及一項證詞。網拍公司的一個職員，恰巧在凌晨零點路過。

這名男子是整起事件唯一的證人。行經機構上頭的白色建築物前，他看見一道人影。

「正確地說，是突然出現在眼前，我根本不曉得那道人影是哪來的。之後，那個人坐上車離開。」

證人表示，他仔細觀察那道人影，發現對方一身綠衣，從頭包到腳，別著一條巨大腰帶，像是兒童節目裡的戰隊英雄。「我常跟兒子一起看電視，絕不會搞錯！」證人強調。

據說，一身綠的男人上車前，曾從腰帶取下一個小盒子，拿到耳邊。或許是聽見什麼可怕的聲響，他哆嗦著喊一聲「好噁心」，又慌張地低喃：「千萬不能亂講話。」

我閉上雙眼，想像一輛在夜裡馳騁的汽車。車後不斷冒出濃煙，駕駛座窗戶飄出一條白圍巾，在風中帥氣瀟灑地翻飛。

後記

本書收錄的〈ＰＫ〉、〈超人〉在二〇一〇年春天動筆，夏末完稿，並結束校潤，基於種種理由（並非什麼天大的理由）沒刊登在雜誌上，直到隔年的二〇一一年二月才決定刊登。沒想到不久後，竟發生東日本大地震。

之所以要說明時間順序，是因爲有讀者在閱讀雜誌後稱讚「遭遇大地震還能完成作品，實在了不起」，我相當心虛。的確，雜誌是在四月上旬發行，按理三月應該有很多作業必須完成。實際上，地震發生後（尤其是三月中），我的精神受到嚴重打擊（雖然我本身的受害並不嚴重），每天都在厭惡自己的無能爲力，腦袋裡想的都是物資問題，根本沒有多餘的心力寫小說。回想起來，或許有些誇張，但當下我完全沒料到雜誌會如期發行。

總而言之，所有作業早在地震發生前便已完成，這兩篇作品才能刊登在雜誌上。雖然與小說內容無關，作品引起誤解也是家常便飯，我仍想將事實交代清楚。

〈密使〉則是爲大森望先生編輯的科幻文集《NOVA》撰寫，原稿同樣在二〇一一年二月前便完成。

集結成冊時，〈PK〉、〈超人〉、〈密使〉皆經過些許修改。不是自誇，我加強了作品之間的關聯性，相信讀起來會更有趣。

值得一提的是，將三部中篇排在一起，開頭是「綠色大海」，結尾是「綠色衣服」。像這樣未經設計的巧合，也爲作品增添不少樂趣。

【參考．引用文獻】

《向阿德勒學習生命的勇氣》岸見一郎著　ＡＲＴＥ出版社

《發生戰爭的理由——以雙眼看歷史》Alan John Percivale Taylor著　古藤晃譯　新評論出版社

《時光機看了就懂》佐藤勝彥著　ＰＨＰ研究所

《聚落的規則　善用群眾智慧的方法》Peter Miller著　土方奈美譯　東洋經濟新報社

作品中提及英國綜合微生物學會的研究發表，乃是參考二〇一〇年九月七日ＡＦＰＢＢ新聞報導的內容，並摻入虛構的環節。此外，作品中提及的微小螞蟻及菌絲電池全源自我的想像。

初出

〈ＰＫ〉《群像》二〇一一年五月號
〈超人〉《群像》二〇一一年七月號
〈密使〉日本ＳＦ新作全集《ＮＯＶＡ５》

解　說

溫和的提問式特質——談伊坂幸太郎的《ＰＫ》

※本文涉及故事內容，建議閱畢全書正文後再行參考

在伊坂幸太郎的短篇〈FISH STORY〉裡，以極爲簡短的跳躍式篇幅，帶出了蝴蝶效應所具有的可能性。而在中村義洋執導，根據這篇短篇所改編的電影《一首ＰＵＮＫ歌救地球》中，則將故事情節大幅複雜化，雖然當中的各段故事看似更爲跳躍，但到了電影末段時，事件與事件間的連結卻也更加顯著，讓人更能看清蝴蝶效應在每一個環節中的發展。

當然，〈FISH STORY〉只是短篇小說，比起《一首ＰＵＮＫ歌救地球》中所展現

出的熱血澎湃，伊坂幸太郎藉由原著短篇想講的事，其實更像是一個有趣概念的呈現，有點像是開玩笑一般，就這麼輕輕點出一個可能性，而無意去深入發展太多。

至於在這本收錄了三則中篇，故事間彼此緊密相連，同時又以蝴蝶效應作爲主要元素的《PK》中，情況又是如何呢？

有趣的是，雖然可用的篇幅更大了，但伊坂似乎仍對鉅細靡遺地交代清楚事件與事件間的關係，塑造出足夠清晰的蝴蝶效應構圖，沒什麼太大興趣。然而，這也正是《PK》的閱讀樂趣之一，讀者只能大概知道部分事件間的連結，我們知道結果，卻無法確定過程，因而就算讀完了全書，也會忍不住回頭不斷翻開書頁，意欲確認每個情節的蛛絲馬跡，嘗試自行理清背後的詳細脈絡，使得這種閱讀樂趣在閱讀行爲結束之後，依舊得以存在。

而從另一個角度來看，《PK》這樣的安排，其實也正與現實中的情況相符。在現實中，我們的確難以確知我們的每一個舉動、行爲、話語，可能會在什麼地方，爲什麼人帶來什麼影響，有時那些影響，甚至細微到了就連當事者也無法察覺的地步。若是眞有可能確切得知每個蝴蝶效應的環節，一步步從事件結果往回推去，恐怕也只會找到無限個源頭，完全沒有單一解答可言。要是我們出於某種原因，得像《ＰＫ》中一樣改變過往歷史，使未來的災難在尚未成形前便已消弭，或許也正如伊坂的安排般，得要想盡方法從中找出幾個較爲重要、但對歷史的影響又較爲細微的環節，嘗試予以改變，才不會讓人迷失在那可能橫跨了所有時間、空間、物種的蝴蝶效應之中。

只是，伊坂藉由《ＰＫ》一書所想要講的，眞的只是蝴蝶效應嗎？

*

一直以來，伊坂的作品總給我一種溫和的形象。不過別要誤會，這並非是指他的文筆輕盈，或是小說故事總是有一絲暖意之類的事，而是指他對於小說主題的闡訴態度。

我深深相信，一名好的大眾文學創作者，除了盡力將故事寫得好看、具有娛樂性以外，在他們的作品中，必然也有著他們所想表達的事物存在。例如伊坂在書中提到的《死亡禁地》（*THE DEAD ZONE*），其作者史蒂芬・金，便透過了大量的恐怖小說作品，不斷探討著美國的社會及家庭問題（如果你是對伊坂不算熟悉的讀者，那麼請容我解釋一下。在本作中提及那本書時，其實大可看成是伊坂本人的夫子自道，所指的乃是他的《魔王》一書，被人拿來與《死亡禁地》相互比較一事）。

而這樣的作者，在面對他們所想表達的觀點時，在作法上則未必相同。有些作家會在故事中大聲疾呼他們的論調，使讀者可以清楚意識到他們所想講的主題，並且竭盡全力地嘗試說服讀者，使大眾能認同他們的觀點。像是島田莊司、麥克・克萊頓等人，都可以算是這樣的作家。

至於另外一些作家，則選擇把主題與故事融入得更深一些，藉由故事本身，讓讀者們自行察覺到作者所想講述的事情，甚至就連觀點部分，也不會那麼強硬地想要說服讀者，反倒更像是單純提出自己的思考角度，較於接近提問，而非提供解答的方式，嘗試提供給讀者一個思考的選項。

伊坂正是屬於後者。雖然他的筆下曾出現過像是《奧杜邦的祈禱》和《瓢蟲》中那種毫無善念的角色、《魔王》和《摩登時代》裡那種難以撼動的巨大權威式存在，但是在讀完之後，卻也絲毫不會給讀者那種亟欲指控些什麼的感覺，反倒只會讓人覺得伊坂像是在告訴我們，如果可以的話，我們是否應該再多思考一下，而非過度急迫地做出不加思索的決定。

而正是這種不帶強迫性，並依舊可以提出自我思索過程與觀點的寫作方式，才讓伊坂的作品，始終擁有那種溫和無比的形象。

*

這樣的論述風格，在《ＰＫ》一書中依舊清晰可見。書中的前兩個中篇〈ＰＫ〉與〈超人〉，描述了兩則乍看相似，卻由於部分事件發展不同，因而角色發展也有所歧異的不同故事。而到了最後一個中篇〈密使〉裡，伊坂除了揭曉先前的兩個故事，其實是事件受到外力（未來的人類）影響，導致蝴蝶效應有所改變的平行世界外，更巧妙藉由這樣的安排，再度彰顯出他那溫和的寫作特質。

對於像是政府這類明顯較具權力的一方來說，有些時候，就算是立意良善的行動，或許也會難免使得部分民眾有所犧牲，而伊坂藉由《ＰＫ》一書所想講的，似乎正是在思索那些犧牲的必要性與否。不過，他所做的並非提供解答，而是以其一貫的提問方式，詢問我們是否能再更進一步地仔細思考，努力找出最好的解答後，才付諸行動。

除此之外，要是從〈密使〉一篇最後解決事件的方式來看，我們也能發現，蝴蝶效應的確並非伊坂眞正想講的事，他所想講的，反而比較接近處理問題的「態度」。

在〈密使〉中，我們得知擁有能力與權力的機構意圖改變歷史，以追究根源的方式處理危機，然而當故事發展到最後，伊坂才又告訴我們，原來還有另外一股力量，以更直接了當的方式，在犧牲程度更小，幾乎不改動歷史，並且僅僅集中在問題本身的情況下，迅速解決難題。

這樣的故事發展，如果換成我們熟悉的政治背景來看，其實更加饒富趣味。通常，在發生了什麼天災人禍後，我們總會看見政府相關單位忙著查出根本，想找出必須負起責任的單位或個人。有些時候，甚至會讓人覺得他們眼裡只有這件事情，反而對如何處理已發生的問題，或避免日後再度發生相同狀況等方面，不見提出任何實際改善方法。

從這種角度來看，伊坂像是在告訴我們，面臨一些危急的關頭時（例如日本的三一一震災），將目光集中於眼前的問題，並且專注解決，或許會是比起追究責任還來得緊急，同時也更爲有用的事情。

而這正是伊坂作品的特質之一。一路走來，他關心的主題或許有所轉變（如果你問我的話，我會說他關注的問題，似乎更為社會性了），然而那股溫和的提問態度，卻是始終不變的一環。

溫和，但不代表沒有想法及欠缺思索。他只是不帶強迫性地提出問題，並融入他的想法——

然後，藉由故事本身，邀請我們一同思考。

作者簡介

劉韋廷，曾獲聯合文學短篇小說新人獎，譯有《午夜4點》與《險路》等小說，並曾撰寫多部小說之導讀類文章。

伊坂幸太郎作品集19

PK
PK

作　　者　伊坂幸太郎
翻　　譯　李彥樺
原出版社　講談社
責任編輯　陳盈竹
行銷業務部　陳亭妤、陳玫潾
版權部　吳玲緯
編輯總監　劉麗眞
總經理　陳逸瑛
榮譽社長　詹宏志
發行人　涂玉雲
出　　版　獨步文化
城邦文化事業股份有限公司
104台北市中山區民生東路二段141號5樓
電話：(02) 2500-7696　傳眞：(02) 2500-1967
發　　行　英屬蓋曼群島商家庭傳媒股份有限公司城邦分公司
104台北市中山區民生東路二段141號2樓
讀者服務專線：(02)2500-7718；2500-7719
24小時傳眞服務：(02)2500-1990；2500-1991
服務時間：週一至週五　上午09:00～12:00　下午13:00～17:00
讀者服務信箱E-mail：service@readingclub.com.tw
劃撥帳號：19863813　戶名：書虫股份有限公司
香港發行所　城邦（香港）出版集團有限公司
新址：香港灣仔駱克道193號東超商業中心1樓
電話：(852) 25086231　傳眞：(852) 25789337
E-mail：hkcite@biznetvigator.com
馬新發行所　城邦（馬新）出版集團　Cite(M)Sdn Bhd
41, Jalan Radin Anum, Bandar Baru Sri Petaling,
57000 Kuala Lumpur, Malaysia.
電話：(603) 90578822　傳眞：(603) 90576622
email:cite@cite.com.my

城邦讀書花園
www.cite.com.tw

美術設計　許晉維
排　　版　浩瀚電腦排版股份有限公司
印　　刷　中原造像股份有限公司

初　　版　2014年（民103）12月初版
定價　280元
ISBN 978-986-5651-06-0

國家圖書館出版品預行編目資料

PK／伊坂幸太郎著，李彥樺譯．初版．-- 台北市：獨步文化：家庭傳媒城邦分公司發行，2014〔民103〕12月
面：　　公分．--（伊坂幸太郎作品集：19）
譯自：PK

ISBN 978-986-5651-06-0（平裝）

861.57　　　　103019874

獨步文化
APEX PRESS

廣	告	回	函
北區郵政管理登記證			
台北廣字第000791號			
郵資已付，免貼郵票			

104台北市民生東路二段 141 號 5 樓

英屬蓋曼群島商家庭傳媒股份有限公司

城邦分公司

獨步文化　　收

請沿此虛線剪下，將活動卡對摺、黏貼後寄回即可

黏貼處

獨步文化 APEX PRESS

獨步 2014 集點送！

推理御貓 bubu 的獻身

10點 bubu 貓環保筷

15點 bubu 貓馬克杯

20點 bubu 貓書衣（2014 年新款）

你是個超級日本推理迷嗎？每年總是大手筆購買一脫拉庫的獨步好書嗎？那你就是 bubu 貓要獻身的對象啦！獨步自 2012 年始，新書書末皆附有 bubu 貓點數，集點可兌換 bubu 貓的周邊贈品！

【活動辦法】： 即日起至 2014 年 12 月 31 日期間，獨步出版新書書末附有「推理御貓 bubu 的獻身」活動卡一張，每卡附贈一枚 bubu 貓點數（見右下角），將點數剪下貼於下方黏貼處，即可依點數兌換 bubu 貓周邊禮品哦～

◎ 2012、2013 年度所發送的 bubu 貓點數也可參加今年的集點活動哦！
贈品照片及更詳細活動規則請上獨步部落格：http://apexpress.blog66.fc2.com/

【兌獎期間】： 即日起至 2015 年 1 月 31 日（郵戳為憑）

【點數黏貼處】

請沿此處線剪下，將活動卡對摺，黏貼後寄回即可

【聯絡資訊】（煩請以正楷填寫以下資料，以免因字跡辨識困難導致贈品寄送過程延誤）

姓名：________________ 年齡：________ 性別：□ 男 □ 女

電話：________________ E-mail：________________

獎品寄送地址：________________________________

【個人資料蒐集告知事項】 為提供訂購、行銷、客戶管理或其他合於營業登記項目或章程所定業務需要之目的，家庭傳媒集團（即英屬蓋曼群島商家庭傳媒股份有限公司城邦分公司、城邦文化事業股份有限公司、書虫股份有限公司、墨刻出版股份有限公司、城邦原創股份有限公司），於本集團之營運期間及地區內，將以 mail、傳真、電話、簡訊、郵寄或其他公告方式利用您提供之資料（資料類別：C001、C002、C003、C011 等）。利用對象除本集團外，亦可能包括相關服務的協力機構。如您有依個資法第三條或其他需服務之處，得洽詢本公司服務信箱 cite_apexpress@cite.com.tw 請求協助。

□ 我已詳讀權利義務之相關條款，並同意遵守。

黏貼處

【注意事項】 1. 本活動限臺澎金馬地區讀者參與。 2. 參加者請務必留下有效郵寄地址，若贈品無法投遞，又無法聯絡到本人，恕視同棄權。 3. 本活動卡及 bubu 點數影印無效。 4. 欲看贈品實物圖請上獨步部落格：http://apexpress.blog66.fc2.com/ 5. 兌換贈品數量有限，如於活動期間內兌換完畢，將以等值贈品替代，訊息將會於獨步部落格公告。

歡迎加入獨步臉書粉絲團 獲得最快最新的出版資訊！bubu 在臉書等你呦～
獨步粉絲團：https://www.facebook.com/APEXPRESS

◀歡迎剪下我